帝都争乱

サーベル警視庁❷

今野 敏

ハルキ文庫

JN118617

角川春樹事務所

帝都争乱　サーベル警視庁2

1

明治三十八年（一九〇五年）七月六日の木曜日は先負で、梅雨《つゆ》も明けたかと思える晴天だった。

警視庁巡査の岡崎孝夫《おかざきたかお》は、同僚の岩井六輔《いわいろくすけ》と連れだって巡回中だった。

東京は、どこも平穏だ。

警視庁はペンキ塗りの洋館で、鍛冶橋《かじばし》にある。岡崎と岩井は陽気がいいので、お堀端をぐるりと回り、九段下《くだんした》までやってきた。

もちろん所轄署の巡査も巡回をやっているのだろうから、警視庁本庁の岡崎たちがわざわざ巡回をしなければならないということはない。

だが、巡査たちは、こうして時折東京の中を歩き回る。それが、犯罪を未然に防ぐ役に立っているのだが、実際は制服とサーベルの威光を味わいたいのだ。

中には、威張り散らしたいがために犯罪者や法律違反者を捜し回っている巡査もいる。

相手が犯罪者ならまだいいが、何も悪いことをしていないのに、一般庶民を恫喝《どうかつ》しようとするやつらもいる。

そういうのは、薩摩《さつま》の出身者に多いんだと、いっしょにいる岩井がいつも言う。警視庁の上部組織である内務省は長州閥《ちょうしゅうばつ》だし、初代大警視（後の警視総監）の川路利良《かわじとしよし》が薩摩藩士だったこともあり、警視庁には薩長《さっちょう》出身者が多い。警察の威圧的な雰囲気はすべて薩長のせいだと、岩井は言うのだ。

会津《あいづ》出身の岩井がそう言うのは、もっともだなと、岡崎は思う。決して薩長の連中だけが悪いわけではない。岡崎も、町行く人々が制服の自分を見て道を空けるのを、誇らしく思っているのだ。人のことは言えないと思う。

「さて、ずいぶん歩いたな」

岡崎は立ち止まり、岩井に言った。「ぼちぼち引き返すか……」

岩井はこたえた。

「まだ日は高い。お茶《ちゃ》の水《みず》まで足をのばしてみないか？」

「お茶の水？」

岡崎は驚いて思わず聞き返していた。「ここからずいぶんあるぞ」

「なに、三十分もあれば着くだろう」

巡査は健脚自慢が多い。岡崎も駆けたり歩いたりは得意だ。だが、すでに充分過ぎるほど歩いているのだ。

「警視庁からずいぶんと離れることになる」

「別に構わないだろう」

「お茶の水まで歩くとなると、さすがに疲れるぞ」

「帰りは電車に乗ればいい」

別に強く反対する理由もないので、岡崎は岩井に従うことにした。それから、約三十分、黙々と歩き、二人はお茶の水にやってきた。

岩井が足を向ける先に気づき、岡崎は「なるほど、そうだったか」と思った。

岩井が目指していたのは、東京女子高等師範学校だった。ちょうど授業が終了した時刻らしく、着物に袴《はかま》姿の女学生たちが大勢、校舎から出てくるところだった。

岩井のお目当てが女学生ではないことが、岡崎にはわかっていた。健康な若い男子であることは間違いないが、女学生見たさに半里（約二キロ）も歩くほどの物好きでないことも確かだ。

下校時間を狙《ねら》って、人力車の車夫たちが学校に集まってくる。この学校の生徒たちは皆いい家柄のお嬢さんなので、彼らにとっては恰好《かっこう》の金づるなのだ。

行儀がいい車夫が集まるとは限らない。むしろ柄の悪い者が多い。無秩序に女学生に殺到したり、客を奪い合って喧嘩《けんか》を始めたりする。

そこで、学校の庶務をやっている老人がその場の整理をする。老人といっても決してあなどれない。

どんな荒くれ車夫も、彼にかかれば赤子も同然だ。今日も、その庶務係の老人が俥《くるま》を集める校舎の一角にいた。

彼のおかげで、俥が整然と並び、おとなしく客を待っている。通りかかる女学生たちが、彼に声をかけていく。

「庶務のおじいさん、さようなら」

老人は、いちいち律儀に姿勢を正し礼をする。

女学生たちはおそらく、その庶務の老人の経歴などは知らないだろう。

だが、岡崎たちは知っていた。その老人の名は藤田五郎《ふじたごろう》だ。岩井の目的は彼に会うことに違いない。

案の定、岩井は藤田五郎に近づいた。

制服姿の巡査二人が突然学校にやってきたので、女学生たちが何事かと訝《いぶか》しげな視線を向けてくる。

岩井はまったく頓着《とんじゃく》せずに、藤田五郎に声をかけた。

「いいお天気ですね」

藤田五郎は表情を変えず、やはり丁寧にお辞儀をした。

「岩井巡査ですね。そちらは、岡崎巡査でしたか」

岩井が嬉《うれ》しそうな顔をした。

「覚えていてくださいましたか」

「大切な後輩ですから」

藤田はかつて警視庁に勤めていたことがある。警部で退官したはずだ。

岩井は藤田に言葉を返す。

「恐れ入ります」

「それで、今日は何用でしょう？」

「いや、別に用はありません。ちょっと通りかかったもので……」

通りかかったにしてはえらく歩かされた。

岡崎はそう思ったが、何も言わないことにした。

藤田は無表情なままこたえる。

「そうですか」

決して無愛想なわけではないと、岡崎は思う。おそらく前の時代の侍というのはこういうものなのだ。

「最近、東京の中も何かと落ち着きませんが、今日は静かです」

藤田はうなずいた。

「先日も、大きな提灯《ちょうちん》行列がありましたね」

「ええ」

岩井が言った。「連合艦隊がバルチック艦隊を破ったお祝いの行列でしたね」

藤田が再び、うなずいた。今度は無言だった。

岡崎はふと気になり、質問してみることにした。

「藤田さんは、いくつもの戦を経験されていますね。日露《にちろ》戦争をどう見ますか？」

それでも藤田の表情と姿勢は変わらない。

「どなたかと勘違いされておいでですね。私は戦のことなど知りません」

「そんなはずはないでしょう」

岡崎は言った。「京都で幕府のために戦い、戊辰《ぼしん》の役《えき》で戦い、さらに警視庁に入ってから西南《せいなん》の役《えき》を経験されているはずです」

「そうです」

岡崎に同調して、岩井も言った。「戊辰戦争でわが会津のために戦ってくださり、戦いの後も会津藩士たちと運命を共にされ、斗南藩《となみはん》でまさにこの世の地獄ともいうべき辛《つら》い暮らしをされた……」

「やはり、どなたかと間違えておられる」

岩井はさらに言った。

「わが藩の恩人である斎藤一《さいとうはじめ》殿を、間違えるはずがありません」

藤田の表情に初めて変化が見えた。彼はかすかに笑ったのだ。

「やはり、お間違えだ。私は斎藤という名前ではありません。藤田です」

岩井が言うとおり、彼はかつて新選組《しんせんぐみ》の三番隊組長だった斎藤一なのだ。斗南藩で二度目の結婚をする際に藤田五郎に名前を改めたという。そして、その年に東京に移住して警視庁に採用された。

「いえ」

岩井は言った。「あなたは我々会津の者にとっては永遠に斎藤一殿なのです」

藤田は困ったような笑みを浮かべたまま言った。

「まあ、私が何者であれ、今回の戦争についてはあらかた見当がつきます」

岡崎は言った。

「ぜひご意見を聞かせてください」

「意見もへったくれもありません。これは負け戦です」

岡崎と岩井は思わず顔を見合わせていた。

「負け戦ですか……」

岡崎は尋ねた。「しかし、奉天《ほうてん》を占領し、五月二十八日には、日本海で艦隊が勝利しました。日本中が戦勝に浮かれているのですが……」

「今はよくても、このまま戦を続ければ、わが国はたいへんなことになります。庶民は重税にあえぎ、日本は疲弊している。奉天、日本海の勝利はつかの間の夢です。もう、日本は持ちません」

岡崎と岩井は再び顔を見合わせた。

岡崎がさらに何か言おうとしたとき、背後から明るい声が聞こえた。

「庶務のおじいさん、さようなら」

岡崎と岩井は振り向いた。声の主は、城戸《きど》子爵の令嬢、喜子《よしこ》だった。

喜子が目を丸くする。

「あら、岡崎さんに岩井さん。庶務のおじいさんを捕まえに来たの？」

岩井が言った。

「冗談じゃありません。ちょっとご挨拶《あいさつ》に寄っただけです」

喜子はさらに近寄ってきて言った。

「何か事件があったら、また手伝わせてくださいね」

岡崎がこたえた。

「お嬢さんに危険なことはお願いできませんよ。何かあったら、私たちは馘首《かくしゅ》です」

喜子が驚いた顔になる。

「あら、巡査って、何か失敗をしたら首を切られるの？」

「あの……。本当に首を切られるわけじゃないですよ。免職になるという意味です」

喜子が関心なさそうに、話題を変えた。

「ねえ、何の話をしていたんです？」

岡崎がこたえる。

「藤田さんがおっしゃるんです。今回の戦争は負け戦だって……。私らは、まさかって言ってたんです」

「あ、それ、父も申しておりました」

岡崎は尋ねた。

「え、城戸子爵が何と……？」

「おんなじよ。負け戦だって……」

岡崎と岩井はお茶の水から外濠線《そとぼりせん》の電車に乗り、神田橋《かんだばし》で街鉄《がいてつ》に乗り換え、大手町《おおてまち》で降りて警視庁に戻ってきた。

第一部に行くと、すぐに葦名《あしな》卓郎《たくろう》警部に呼ばれた。岡崎は岩井とともに葦名警部の下にいる四人の巡査の一人だ。

葦名警部は物静かな人物で、警察官には珍しく滅多に声を荒らげることがない。そして、岡崎は彼が慌てふためく姿を見たことがなかった。

岡崎は言った。

「お呼びでしょうか？」

葦名警部が静かだがよく通る声で言った。

「どこに行っていた？」

「あの……」

女子高等師範学校に行っていたとは言いにくい。「巡回をしておりました」

「どのあたりを巡回した？」

「お堀に沿ってまず九段下まで行き、そこから……」

「そこから？」

「お茶の水まで足をのばしました」

葦名警部はただうなずいただけだった。

「客が来ているので、話を聞いてくれ」

葦名警部が言った。「本来なら、角袖《かくそで》の荒木《あらき》あたりに話を聞かせるのだが、あいにく荒木も久坂《くさか》も出かけている」

荒木市太郎《いちたろう》と久坂伴次郎《はんじろう》も、葦名警部配下の巡査だ。角袖というのは、制服ではなく和服姿の刑事だ。大きな袖の外套《がいとう》を着ているところから角袖などと呼ばれている。

四人の中で荒木だけが角袖、つまり私服の刑事だ。

「わかりました」

岡崎は即座にこたえた。「……で、お客というのはどこに……?」

「取調室にいる」

岡崎は岩井と共に、すぐに取調室に向かった。

取調室というと、奉行所時代の土間を連想する者もいるようだが、実際は畳の部屋だ。

警視庁内には同じような部屋がいくつも連なっている。

指定された部屋を訪ねてみると、座卓の向こうに、私立探偵の西小路臨三郎《にしこうじりんざぶろう》がいた。

「何だよ。君たちはいつまで待たせるんだ」

偉そうな物言いだ。

彼は帝国大学文科大学の学生だったそうだ。立派な学歴を持っていながら、なんで私立探偵なんぞをやっているのだろうと、岡崎は不思議に思っている。

偉そうなのは、貴族院議員の西小路伯爵の孫だからだろう。おそらく金に困ることもなく、私立探偵など道楽のようなものなのではないだろうか。

「いつから待ってるんだ？」

岡崎が尋ねると、西小路はこたえた。

「もう一時間も待たされているんだ」

葦名警部は自分では話を聞く気がないらしい。誰《だれ》か巡査が戻ってくるのを待っていたのだ。

「何か話があるそうだが……」

岡崎と岩井は正座をしたが、西小路はだらしなく壁にもたれている。育ちはいいのだろうが、行儀はよくない。

「重要な知らせだよ」

「もったいぶるなよ」

「最近、妙に壮士風の男たちの姿が眼《め》につくと思っていた」

「壮士……？」

壮士というのは、主に自由民権運動の活動家を言う。羽織に着流しというのが彼らの一般的な恰好だ。

自由民権運動が下火になるにつれ、その数は減っていったが、最近では民権運動以外の政治活動家も壮士と呼ばれることがあった。

西小路は話を続けた。

「戦勝祝いの提灯行列とか、祝勝集会なんかで、よく見かける」

「そうかな……」

岡崎は言った。「集会や行列では、警備に駆り出されることもあるが、俺《おれ》は気がつかなかったな」

そして、岩井に尋ねた。「おまえはどうだ？」

岩井は首を横に振る。

「いや、俺も気づかなかった」

西小路は、あからさまにあきれたような顔をした。

「これだから警察は当てにならないと言うんだ。居眠りでもしていたんじゃないのか？」

西小路の厭味《いやみ》などに関《かか》わるつもりはない。

「それで、その壮士風の男たちがどうかしたのか？」

「僕は探偵だからね。そいつらの正体を突きとめたよ」

「ほう……。何者だ？」

「玄洋社《げんようしゃ》の者たちだった」

「玄洋社……」

岡崎は眉《まゆ》をひそめた。

玄洋社といえば、力のある政治結社だ。発言力もあるが、実力行使も辞さない活動力がある。

明治二十二年（一八八九年）には、当時外務大臣だった大隈《おおくま》重信《しげのぶ》を爆殺しようとした。

そんな物騒な団体なら、警察の取り締まりの対象になりそうなものだが、初代社長の平岡《ひらおか》浩太《こうた》郎《ろう》は衆議院議員だし、多くの有力政治家と通じているので、今でも盛んに活動を続けている。

岩井が言った。

「玄洋社といえば、黒田《くろだ》藩《はん》だな……」

岩井が言うとおり、玄洋社は福岡の黒田藩出身者が中心になって結成された。平岡浩太郎も元黒田藩士だ。

岡崎は言った。

「玄洋社の連中だって、提灯行列に参加したり見物したりするだろう」

西小路は言う。

「これまでそんな動きはなかった」

「そうかな……」

「さらに、だ。壮士姿の男たちは、玄洋社だけじゃない。黒龍会《こくりゅうかい》の連中もいた」

「黒龍会……。内田良平《うちだりょうへい》の団体だな」

黒龍会は、いわば玄洋社の実行部隊だ。やはり福岡出身の内田良平が玄洋社から独立する形で組織した。

ちなみに、内田良平の父親内田良五郎《りょうごろう》も玄洋社創立の際の同志の一人だ。

西小路が言った。

「黒龍会のやつらがうろついているとなると、剣呑《けんのん》じゃないか？」

岡崎は言った。

「剣呑てことはないだろう」

「だって、黒龍会はもともと海外で活動するための団体じゃないのか？」

「だからさ、そういう連中だって提灯行列に参加しても不思議はないと言ってるんだ」

「参加はしていなかった。行列を眺めていただけだ」

「見物してたんだろう。見物人がたくさん出てたからな」

西小路は言った。

「警察は動かないのか？」

岡崎は驚いて尋ねた。

「動く？　何のために……」

「玄洋社と黒龍会は何か企《たくら》んでるに違いない。警察は内偵すべきだ」

岡崎は顔をしかめた。

「何もしていないのに、政治結社を内偵なんてしてみろ。たいへんなことになるぞ。桂首《かつら》相と玄洋社が近しいのは、あんたも知ってるだろう」

「その桂が玄洋社と組んで何かやろうとしてるんじゃないのか。ニコポン宰相なんて言われているが、あいつはとんでもない狸《たぬき》だ」

「警察内でそういうことを言わないほうがいい。とにかく、壮士風の男を町中で見かけたというだけで、影響力のある政治結社を捜査することなんてできない」

「そうか。わかった」

拍子抜けするくらいに、西小路があっさりと引き下がったので、岡崎は思わず尋ねた。

「わかった……、のか？」

「警察が何もしないというのなら、こちらで何とかしよう。きっと協力してくれる人たちがいる」

「協力してくれる人たち……？」

「そう。例えば、藤田老人とか城戸子爵令嬢とか……」

岩井が言った。

「藤田さんがそんなことに手を貸すものか」

西小路は「よっこらしょ」と言って立ち上がった。そして言った。

「まあ、話だけでもしてみるさ」

西小路は、座ったままの岡崎たちの脇《わき》を通り抜け、「失敬」と言って取調室を出て行った。

2

「客は何を言っていた?」

取調室から戻ると、葦名警部にそう訊《き》かれた。

岡崎は、西小路が話していたことを、かいつまんで伝えた。話を聞き終わると、葦名警部は言った。

「それで、おまえは何とこたえたのだ?」

「ただ壮士風の男を何人か見たというだけで、政治結社に手入れするわけにはいかない。そう言いました」

葦名警部はうなずいた。

「それでいい」

話は終わりだという態度だった。

「あのう……」

岡崎は言った。葦名警部は顔を上げて岡崎の顔を見た。「まだいたのか」とその表情が語っている。

「何だ？」

葦名警部に尋ねられ、岡崎はしどろもどろになりながらこたえた。

「あの……。本当によろしいのでしょうか？」

「何がだ？」

「万が一、西小路が言ったように、何かの企てがあるのだとしたら……」

葦名警部が静かな声で言った。

「巡査の考えることではない」

「はい……」

岡崎は、言うべきかどうか迷った末に、伝えることにした。「西小路が、藤田五郎老人や城戸子爵令嬢に、その話をすると言っておりました」

葦名警部は、しばらく無言で岡崎を見つめていた。

隣にいる岩井がちらりと自分を見たのを、岡崎は気配で感じ取った。岩井は、「どうしてそんなことを言うのだ」と思っているに違いない。

やがて葦名警部は言った。

「わかった。覚えておこう」

葦名警部が机上の書類に眼を戻す。岡崎と岩井は礼をして、警部の席を離れた。

それほど暑くはないのに、岡崎はひどく汗をかいていた。

席に戻ろうとすると、そこに荒木と久坂が戻って来た。久坂は、天神真楊流《てんじんしんようりゅう》柔術の使い手で、体が大きい。一方、角袖の外套姿の荒木はどちらかというと背が低いほうだから、二人が並ぶと首一つくらい違うように見える。

岡崎は荒木に尋ねた。

「二人で見回りか？」

「角袖は巡回なんてしないよ」

岡崎は久坂と荒木を交互に見て尋ねた。

「じゃあ、二人で何の用だ？」

「二人じゃない。赤坂署《あかさか》の巡査も来ていた」

「赤坂署……？」

「赤坂榎坂《えのきざか》に行ってきた。あるお屋敷周辺の警戒だ」

榎坂と言われて、岡崎はぴんときた。

「あ、首相の妾宅《しょうたく》……」

荒木が周囲を見回して言った。

「声がでけえよ」

桂首相は、赤坂榎坂に家を借り、そこに愛妾のお鯉《こい》を住まわせている。その警護に駆り出されたというわけだ。

桂首相からの直々のお声がかりだろうから、警視庁も断れない。

岩井が言った。

「愛妾の警護に警察を引っ張り出すのか。長州はやりたい放題だな」

たしかに桂首相は長州出身だ。長州閥の親玉は言わずと知れた山縣有朋《やまがたありとも》で、桂は山縣の操り人形だと言う者もいる。

何せ元老の山縣は陸軍と政府を掌握している。彼に逆らえる者は明治政府にはいないと言われている。

岡崎が岩井に言った。

「別に長州だからということはなかろう」

「伊《い》藤《とう》も女遊びが激しいという。やっぱり長州じゃないか」

岩井が言う伊藤とは伊藤博文《ひろぶみ》のことだ。彼の女好きは有名だ。伊藤は周防国《すおうのくに》出身だが、松下村塾《しょうかそんじゅく》に学んだ長州閥だ。

岡崎は、岩井の長州批判を放《ほう》っておいて、荒木と久坂に尋ねた。

「それで、噂《うわさ》のクロパトキンってのは、どんな女なんだ？」

クロパトキンというのは、桂の愛妾お鯉のあだ名だ。これは、明治三十六年（一九〇三年）六月に来日したロシアの陸軍大臣クロパトキンから来ている。

歓迎会のための接待役として五十人の芸妓《げいぎ》が選ばれた。その中にお鯉もいた。席上、クロパトキンがお鯉の帯を眼に留める。その帯がいたく気に入ったのだという。

それを知った寺内正毅《てらうちまさたけ》陸軍大臣が、帯をクロパトキンに差し上げるようにと、お鯉に勧めた。お鯉はそれをきっぱりと断った。

クロパトキンの言いなりにはならなかったということで、それ以来「クロパトキン」の異名で呼ばれるようになったのだ。

岡崎はそれを新聞で読んで知っていた。

「それがさ……」

久坂が言った。「さすがにきりっとしたいい女なんだよ」

「へえ……」

どんなにいい女であろうが、時の宰相の愛妾だ。自分とは何の縁もない。生涯会うこともなかろうと、岡崎は思った。

岩井が荒木に尋ねた。

「榎坂の屋敷周辺で、怪しいやつは見かけなかったか？」

荒木はこたえた。

「そんなやつがいたら、引っぱってきてるよ。何でそんなことを訊く」

岩井は岡崎のほうをちらりと見てからこたえた。

「さっき、西小路が来ていて、最近東京市中で壮士風の男を見かけることがあるというんだ」

「壮士っていう時代じゃないだろう。そういうやつは大陸に行ってるんじゃないのか？」

岡崎は言った。

「それだよ」

　荒木が怪訝《けげん》な顔をする。

「それって、どれだ？」

「西小路が言うには、その壮士風の連中は、玄洋社や黒龍会なんだそうだ」

「玄洋社や黒龍会が、東京で何をしているってんだ？　内務省がだらしがないから露探《ろたん》を捕まえようとでも言うのか？」

　露探というのは、ロシア側の密偵のことだ。

「おい」

　岡崎は顔をしかめた。「内務省がだらしがないってのは余計だぞ」

　警視庁には内務省から出向してきている者や兼務の者がいる。その連中の耳に入ったら、一介の巡査などひとたまりもない。

　荒木が言った。

「ふん。かまうこたあねえよ」

　これはただの強がりに違いない。

　岡崎は言った。

「何をしているのかはわからない。西小路の話では、提灯行列を眺めていたというんだが……」

「なんだ、それは……。政治運動員が、提灯行列見物だって？」

「それにな、その壮士風の連中が、玄洋社や黒龍会の者だと決まったわけじゃない。西小路が言っているだけで、確認が取れているわけじゃないんだ」

「それで……」

荒木が岡崎に尋ねる。「西小路は何のために警察にやってきたんだ？」

「玄洋社や黒龍会を内偵しろ、と……」

「ふん。警察がよほど暇だと思っているんだな」

「葦名警部には報告しておいた」

「警部は何と……？」

「俺は、証拠もないのに、政治結社の内偵なんてできないと言った。それを伝えると、葦名警部は一言、それでいい、と……」

荒木が言った。

「ふうん。なら、それでいいんだろう」

「ああ」

岡崎は言った。「もちろん俺もそう思う」

しかし、なぜか気になる。

その一言は、心の中だけでつぶやいた。

世間は、戦勝に浮かれていた。

その喜びと期待がピークに達したのは、七月八日だった。土曜日の大安のこの日、外務大臣の小村寿太郎《こむらじゅたろう》を全権代表とする一行が、講和会議のためにアメリカに向けて出発したのだ。

小村一行はまず、新橋《しんばし》から汽車に乗り横浜《よこはま》に向かった。さらに横浜から船出しアメリカに向かう。目指すはポーツマスだ。

この日、岡崎ら葦名警部配下の四人の巡査も、新橋駅の警備に駆り出された。新橋駅前はまさに黒山の人だかりで、小村一行が出発する際には、「万歳」の大歓声が湧《わ》き起こった。

人々は講和条約に期待しているのだ。

日清《にっしん》戦争では台湾《たいわん》、澎湖《ほうこ》諸島、遼東《りょうとう》半島を手に入れ、さらに巨額の賠償金を得た。今度も、それと同等の、いや、それ以上の戦果を得られるものと、多くの人は思っている。最低条件として、「樺太《からふと》、カムチャッカ、沿海州全部の割譲、賠償金三十億円」と書いた新聞もあり、人々の期待を煽《あお》った。

戦費を捻出《ねんしゅつ》するために、政府はどんどん税金を上げていった。庶民は重税にあえいでいる。生活がどんどん苦しくなっていたのだ。

戦勝とその戦果は、庶民たちのせめてもの願いだったのだ。

小村寿太郎一行を乗せた汽車が出発すると、駅頭に集まった群衆も散開していった。岡崎は、やれやれ何事もなかったかと安堵《あんど》した。

そのとき、岩井が言った。

「おい、あそこ……」

岩井が指さしたほうを見ると、羽織に着流しという風体の二人組の男が立っていた。二人は群集に紛れて、去って行く列車をじっと見つめている。

「あれが、西小路が言っていた男たちじゃないのか？」

岩井がそう言うので、岡崎はうなずいた。

「そうかもしれないが、別に怪しい素振りはない」

そう言いながら、実は岡崎も気になっていた。

「おい、撤収の命令だぞ」

荒木がやってきて言った。「何かあったのか？」

岡崎はこたえた。

「あそこにいるのが、西小路が言っていた連中じゃないかと思う」

荒木が二人のほうを見た。

「たしかに壮士風だな。だが、別に珍しい恰好じゃない。気になるなら、声をかけてみようか？」

岡崎はかぶりを振った。

「いや、理由もないのに質問すると、後で面倒なことになりかねない。西小路によると、彼らは玄洋社か黒龍会だという。面倒な連中だ。へたなことをすると、警視総監に抗議が行きかねない。そんなことになったら、俺たちなんて簡単に免職だ」

荒木は肩をすくめた。

「なら、さっさと引きあげようぜ」

そして、荒木はふと思い出したように言った。「そういえば、昨日、松本楼《まつもとろう》で集会があった……」

岡崎は尋ねた。

「松本楼？　日比谷《ひびや》公園内の松本楼か？　何の集会だ？」

「なんでも講和問題を話し合う集会だそうだ」

「講和に何の問題があるんだ？　戦争に勝ったんだろう？」

「知らんよ。政治活動家は、何かと政府のやることに文句をつけたがるんだ。その集会に黒龍会の内田良平も出席していたという」

「内田良平が……？」

遠くから「撤収」の声が聞こえる。警備を仕切っていた巡査部長の声だ。岡崎と荒木は歩きながら話を続けた。

二人の話を岩井が黙って聞いている。

「そうだ。つまり、黒龍会が今回の講和に何か問題があると考えているんだろう。西小路が言ったことも、あながち的外れとも言えないかもしれねえぜ」

「黒龍会のことだから、戦争を終わらせずにもっと続けろとか言うんじゃないか？」

そういう世論もあった。これまで、奉天に続き日本海でも勝利している。このまま戦争を続ければ、日本の領土をどんどん拡大できると考えている者たちもいるようだ。

「いや」

荒木が言った。「黒龍会は、大陸の事情に精通している。日本が戦争を続けてこの先いいことはないということをよく知っているはずだ」

「戦争を続けていいことはない？」

岡崎は思わず声をひそめて周囲を見た。近くには岩井がいるだけだ。新橋駅の警備を終えた巡査たちは隊列を組まず、のんびりした足取りで帰路についている。

荒木が言った。

「そうさ。戦費確保のために税金をどんどん上げた。今日本中はその重税に苦しんでいるんだ。今すぐ戦争を終わらせ、しかもロシアから巨額の金を分捕る必要があるんだ」

「そう言えば……」

岡崎は言った。「藤田五郎さんが、これは負け戦だと言っていた」

荒木は溜《た》め息《いき》をついた。

「勝ったんだよ。日本はロシアに勝った。だが、問題は勝った後だ。戦争ではない戦いがある」

「戦争ではない戦い？」

「そう。外交という名の戦いだ。松本楼に集まった人々はそのことを論じているのだと思う」

岡崎には、荒木の言っていることがよくわからなかった。おそらく、荒木本人にもわかっていないのではないだろうか。新聞なんかの受け売りに違いない。

黒龍会の内田良平が、講和問題を論じる集会に……。いったい何が目的なのだろう。

岡崎はそんなことを思っていた。

西小路も言っていたが、内田良平といえば、大陸で名を馳《は》せた活動家だ。さらには、玄洋社きっての暴れん坊という評判もある。

もともと黒龍会は、玄洋社の海外活動のために組織されたと言われている。内田良平は大陸で馬賊やロシア兵相手に戦い続けてきたのだという。

まだ実際に見たことはないが、きっと恐ろしい人物に違いないと、岡崎は思っていた。だいたい、黒龍会の名前からして恐ろしげだ。なんだか、侠客《きようかく》団体の名前のようだ。

だが、この名前は虚仮威《こけおど》しなどではなく、清国《しんこく》とロシアの国境を流れる黒龍江から取ったものだという。ロシアは黒龍江をアムール川と呼んでいる。

大陸で実際にロシア兵との戦いを経験している内田良平が、いったいどうして講和を問題視するのか……。

間違いなく戦争には勝ったはずなのに、いったい何が問題なのだろう。

荒木が言った、外交という戦いとは、どういうことなのだろうか。

岡崎の疑問は尽きなかった。

八月三十日水曜日、友引。この日、日露講和成立を告げる『時事新報《じじしんぽう》』の号外が出た。

これが、講和条約についての最初の報道だ。

その夜にはその他の新聞の号外が続いた。

それにより、岡崎の疑問は氷解した。

講和の条件は、「樺太の南半分のみ割譲。賠償金は要求しない」というものだ。これはまったく世間の予想に反していた。戦争に勝ったのに、ほとんど何も得られないのに等しい。

岡崎は思った。

これが、荒木の言った外交という戦いなのだ。これでは、民衆は収まるまい。

つまり、日本はロシアに戦争で勝って外交で負けたということなのか……。

『時事新報』の号外が出た八月三十日から、世間の雰囲気が一変したのを、岡崎は肌で感じていた。

それまでの戦勝の喜びが嘘《うそ》のように消え去り、失望と怒りが瞬く間に広がっていった。

松本楼の集会というのは、これを見越してのことだったのか。

これからいったい何が起きるのか。見当もつかず、岡崎はただ不安だった。

3

「新聞を持ってこい、新聞各紙だ」

警視庁内の広間で、誰かが大声を上げた。誰の声かわからないが、偉い人の口調だ。そうとうに苛立《いらだ》っている様子だ。

苛立っているというより、危機感を抱いているのだろうと、岡崎は思った。上司の葦名警部も新聞に見入っている。

八月三十日の夜は号外合戦だったが、翌朝になると、『大阪毎日《おおさかまいにち》』が講和条約の全文をすっぱ抜いたのだ。

その知らせが警視庁にも届き、東京の新聞には載っていないかと、上層部が色めき立っているのだ。

誰もが興奮していると岡崎は感じていた。

いつも冷静な葦名警部すら、緊張を露《あら》わにしている。

誰もが講和の内容に反対している。国民がとても容認できるものではないのだ。岡崎は、その点は理解しているが、正確な内容を知っているわけではなかった。

一番右往左往しているのは、服部伸親《はっとりのぶちか》課長なのではないかと、岡崎は思っていた。おそらく、先ほどの大声は、服部課長のものだったに違いない。

課長の机には、幾種類もの新聞が届けられた。それを片っ端からめくっている。

部長の席は空席だ。そういえば、このところ部長の姿を見ていないような気がする。

鳥居忠重《とりいただしげ》部長は旗本の子孫で、悪名高い鳥居耀蔵《ようぞう》の縁者だという噂がある。遠山金四郎《とおやまきんしろう》景元《かげもと》を北町《きたまち》奉行所から追いだしたとされており、マムシだの妖怪《ようかい》だのという異名を取る鳥居耀蔵だ。

鳥居部長はその噂を肯定も否定もしない。だが、きっと本当なのだろうと、岡崎はひそかに思っている。

岡崎は隣にいる岩井に言った。

「なんだか、えらいことになってきたな……」

「そうか?」

「そうかって……。昨夜からちょっとした騒ぎじゃないか」

「新聞が騒いでいるだけだろう」

久坂が二人の会話に参加してきた。

「新聞が騒いでいるだけってことはないだろう。講和反対を訴える演説会なんかをやる連中も出てきている」

それに対して岩井が言う。

「大山鳴動して鼠《ねずみ》一匹だ。どうせ、たいしたことにはならんよ」

「そりゃあ、おまえがそうなればいいと思っているだけのことだろう。おまえは、物事を軽く見ようとするからな」

「そういう言い方は心外だな。俺がいつ、物事を軽く見たっていうんだ」

「軽く見たとは言っていない。軽く見ようとする、と言ってるんだ」

「同じことじゃないか」

「いや、違うな。物事を軽く見るというのは、ちゃんと考えていないということだ。一方、軽く見ようとする、というのは、実は軽く見ていないということなんだ」

久坂は偉丈夫なので磊落《らいらく》に見られるが、実はなかなか思慮深いのだ。

「どうでもいいじゃねえか、そんなこと……」

角袖の荒木が、どこかわざとらしい江戸の下町風の言葉で言う。「だがな、俺は久坂のほうに軍配を上げるぜ」

岩井が荒木に言う。

「何を根拠に？」

「事が事だけに、このまま尻切《しりき》れ蜻蛉《とんぼ》みてえに、騒ぎが収まるとは思えねえな。いろんなことが起きそうだぜ」

「いろんなこと……？」

岩井が尋ねると、荒木は言った。

「たとえばさ、『講和問題同志連合会』ってのが結成されたんだ」

「ああ……」

久坂が言う。「小村外相出立の前日に、松本楼で会合を持っていた連中だな」

荒木がうなずく。

「その後、七月十九日にも会合を持って連合会を結成したんだ。なにせ、ロシアに対して強硬な連中だ。弱気な条約じゃ納得しねえだろうよ」

久坂がそれに付け加える。

「同志連合会の委員として、河野広中《こうのひろなか》、大竹貫一《おおたけかんいち》、小川平吉《おがわへいきち》なんかが選ばれたらしい」

河野広中、大竹貫一、小川平吉はいずれも衆議院議員だ。

河野広中は、かつて自由民権運動の闘士で、年齢は五十六歳だ。大竹貫一は新潟《にいがた》選出で、四十五歳。小川平吉は弁護士から政治家になった。彼はまだ三十五歳と若い。

久坂がさらに続けた。

「委員の中には、内田良平や高田三六《たかたさんろく》の名前もある」

岡崎はその言葉に驚いた。

「二人とも黒龍会の会員じゃないか」

荒木が言う。

「つまりさ、『講和問題同志連合会』ってのは、そういう集まりだってことだ」

彼は、同志連合のことをあまりよく思っていないようだ。警察官なら、荒木のように考えるのが普通だろうと、岡崎は思った。

だが、岡崎自身は、玄洋社や黒龍会に対してあまり悪い印象を持っていなかった。大陸に雄飛した人々に対する羨望《せんぼう》や憧《あこが》れのような気持ちさえ抱くこともあった。

出身地が東北だということもあるだろう。岡崎は米沢《よねざわ》の出身だ。瓦解《がかい》以来、政府の重職に就くのは、ほとんどが薩摩・長州の出身者だ。

会津出身の岩井ほどではないが、岡崎も薩摩・長州をよく思ってはいない。東北人は皆そうだ。

鬼県令と呼ばれた三島通庸《みしまみちつね》への怨《うら》みは、今でも語り継がれている。薩摩出身の三島通庸は、道路整備のために、文字通り東北人を奴隷扱いしたのだ。

東北の出身者は、政府でなかなか要職に就けない。勢い、他の仕事でもうまくいかない。かつての士族階級の中には、活躍の場を求めて大陸に渡った者も少なくなかった。

岡崎は、幼い頃《ころ》から大陸の馬賊の話を聞かされて育った。もし警視庁に入れなかったら、自分も大陸に行っていたかもしれないと、今でも思うことがある。

だから、大陸で名を馳せた内田良平には、かすかな憧れのような気持ちを抱いていた。だが、立場上そんなことは口には出せない。

岩井が荒木に尋ねた。

「つまり、そのナントカ同志連合会ってのは、ロシアとの講和に不満があって、何か騒動を起こすというのか？」

「顔ぶれを見れば、何かやってもおかしくないし、実際にかなりのことができるだろう」

岩井が考え込んだ。そのとき、また大声が聞こえた。今度は岡崎にもはっきりと、服部課長の声だとわかった。

「あった。これだ。『国民新聞《こくみんしんぶん》』だ」

幹部たちが課長の机に駆け寄った。葦名警部もその中にいた。

服部課長が机の上に広げた新聞を食い入るように見つめている。ポーツマスで締結される講和条約の全文を読んでいるのだ。

その記事を覗《のぞ》き見ていた検閲係の係長が言った。

「樺太の半分だけ……。賠償金はなし……」

警視庁に勤める者は、皆情報通になる。さまざまな方面からの話が飛び交い、自然と物事の仕組みが見えてくるのだ。

にもかかわらず、検閲係の係長にはこの決定が意外だったのだ。講和会議前に、新聞各紙が、「賠償金は三十億だ、いや、五十億だ」などと書き、期待を煽っていた。それを真に受けていた者も少なくない。検閲係長もその一人だったのだろう。

しばらくすると、岡崎たちのところにも服部課長が読んでいるのと同じ紙面が回ってきた。

岡崎は読んでみたが、小難しい条文が並んでいるだけで、あまり興味を引かれなかった。

同様に条文を読んでいた岩井が言った。

「けしからんな。実にけしからん」

荒木が茶化すように言った。

「講和条約が許せねえかい？　だったら同志連合会といっしょに行動しちゃあどうだい」

岩井が荒木をちらりと見て言った。

「巡査でなければ、そうしているかもしれないな」

久坂が顔をしかめる。

「冗談でもそんなことは言うもんじゃない」

岩井はちらりと久坂を見てから、再び記事に眼を戻した。それきり、彼は何も言わなかった。

服部課長が、検閲係長に伝えている言葉が聞こえてきた。

「いずれ、他紙にも条約の全文が載るだろうな」

検閲係長がこたえた。

「そうでしょうね」

「人々を扇動するような記事が出ることだろう。眼を光らせていてくれ」

「はい」

検閲係長はそうこたえながらも、まだ記事を読んでいた。課長以下係長たちが浮き足立っている。岡崎はそう感じた。

誰もがこの先何が起きるのか、不安で仕方がないのだ。課長や係長の不安や緊張は、巡査たちにも伝わる。

警視庁内全体が、不安と焦燥に包まれていくように、岡崎には感じられた。

「何でえ、騒々しいじゃねえかい」

伝法な六方詞《ろっぽうことば》が聞こえてきた。

鳥居部長だった。

彼は出入り口からゆらりゆらりとくつろいだような足取りでやってきて、どっかと部長席に腰を下ろした。

服部課長がすぐさま立ち上がり、部長席に駆け寄った。

「『国民新聞』の記事をお読みになりましたか？」

「講和条約の全文だろう？　読んだが何だってんでえ？」

服部課長がきょとんとした顔になった。

「いや……。えらいことになったと……」

「偉いさんたちが話し合って決めちまったことだ。俺たちがああだこうだ言ったところで、どうしようもあるめえ」

「あ……、それはそうなのですが……」

「ロシアのニコライ二世やウィッテがしたたかだったたってことよ」

「しかし、戦争に勝ったのは日本です」

「おうよ。勝ったんだよ。だからそれでよしとしなきゃあな。負けてたらえらいこった。

満州も北海道も取られちまっていたかもしれねえ」

服部課長が目をぱちくりさせた。言葉が出てこない様子だ。

鳥居部長がさらに言った。

「だから形だけでも勝ったことにしてくれて、助かったんじゃねえのかい」

服部課長は、今度は周囲を気にしはじめた。警視庁内には内務省の眼も耳もある。それを心配しているのだろう。

だが、鳥居部長は平気な様子だ。

「今年一月に『血の日曜日事件』ってえやつが起きてなきゃ、ロシアはまだまだ戦争を続けて、これから巻き返しにかかったかもしれねえんだ。ここで戦争を終わらせるのは、いい判断だったと思うぜ」

岡崎はその言葉を聞いて、藤田老人の「負け戦」という言葉を思い出していた。彼は、このまま戦争を続けていたら、結局負けてしまうだろうと言っていたのだ。

服部課長が言った。

「おそらく新聞各紙が、講和反対の記事を掲載しはじめるでしょう。人々を扇動することになるかもしれません」

「『国民新聞』だけは別だろうけどな」

徳富蘇峰《とくとみそほう》の『国民新聞』は、桂内閣に近く、「御用新聞」などと呼ばれることがあった。関東では他紙に先がけて講和条約全文を掲載したのだが、それも政府に近いせいかもしれ

ようだ。

ない。

鳥居部長が言ったように、『国民新聞』だけは講和条約擁護の立場を取っている

「新聞の記事によって、民衆の不満が爆発するということもあり得ます」

服部課長が言うと、鳥居部長がこたえた。

「そう思うんなら、警戒態勢でも取ったらどうだ？」

「はっ。ただちに……」

鳥居部長が現れただけで、浮き足立っていた者たちが落ち着きを取り戻したように見える。岡崎自身も、彼の姿を見ただけで不安がなくなったように感じた。

服部課長が他の警部たちに命じた。

「聞いてのとおりだ。市内各所の警戒に当たるんだ」

葦名警部が岡崎たち四人の巡査を呼び集め、出動の命令を下した。岡崎たちが出かけようとすると、鳥居部長直々の声がかかった。

「おう、葦名。おめえと舎弟は残ってくんな。他の仕事があるんだ」

舎弟というのは、岡崎たち四人の巡査のことだ。

葦名警部が即座にこたえる。

「わかりました」

岡崎は緊張した。部長が他の仕事があるということは、特命だ。きっと重要な任務に違いない。

葦名警部が近づいて行くと、鳥居部長が言った。

「おめえさんと舎弟たちには赤坂に行ってもらう」

それを聞いた久坂と荒木が顔を見合わせた。岡崎は、まさかと思った。

葦名警部が尋ねた。

「赤坂ですか？」

「ああ」

鳥居部長がこたえた。「榎坂だ。クロパトキンだよ」

岡崎は、葦名警部がすぐにでも赤坂榎坂に出発するものと思っていた。ところが、そうではなかった。

「榎坂に向かう前に、ご報告したいことがあります」

葦名警部の言葉に、鳥居部長がこたえた。

「何でえ？　言ってみな」

「このところ、市中で怪しげな壮士風の男たちを見かけることがあり、それがどうやら玄洋社や黒龍会の構成員だと言う者がおります」

「誰がそんなことを言ってるんでえ？」

「私立探偵の西小路臨三郎です」

「ああ……。帝大出身の……。あいつは面白いやつだねえ」

「藤田五郎や城戸子爵のお嬢さんにその話をすると言っていたそうです」

放っておけ。鳥居部長はそう言うだろうと、岡崎は思った。西小路の言うことなどに興味は持たないはずだと考えたのだ。

ところが、鳥居部長は興味深げな顔になった。

「ほう……。藤田老人や喜子さんに……」

「その話を聞いたのは、岡崎と岩井です」

鳥居部長は、岡崎たちのほうを見て言った。

「おい、おめえさんたち、ちょっとこっちに来な」

「はい」

岡崎と岩井はすぐさま部長席の前に行って気をつけをした。鳥居部長が言った。

「話を聞くだけだ。そんなにしゃちほこ張ることはねえ。西小路の話を詳しく聞かせてくんな」

岡崎は、できるだけ正確に西小路が言ったことを伝えた。

話を聞き終えると、鳥居部長が言った。

「ふうん。戦勝祝いの提灯行列なんぞを眺めていた、か……」

「はい。行列に参加するわけではなく、ただ眺めていたそうです」

「それで、西小路は、玄洋社や黒龍会を調べちゃどうかと言ったんだな?」

「そうです。しかし、そんな不確かな話で、政治結社の捜査などできないと、自分は言いました」

「たしかにおめえさんの言うとおりだな。へたに警察が手を出したら、頭山満《とうやまみつる》や杉山茂丸《すぎやましげまる》が何を言い出すかわからねえ。内田良平にいたっては、何やらかすかわかったもんじゃねえや」

「警察が手出しできないのなら、民間人がやるしかないと、西小路は言っておりました。それで、藤田五郎や城戸子爵令嬢に話をすると……」

「ついこの間、その顔ぶれで事件を解決したばかりだからな……」

鳥居部長はしばらく考えてから葦名警部に言った。「西小路を探して連れてきてくれねえか」

何事にも動じない葦名警部だが、さすがに驚いた様子で言った。

「西小路を、ですか……」

「そうだ。赤坂に行くのはその後でいい」

「了解しました」

部長席を離れると、葦名警部が岡崎に言った。

「西小路を連れてきてくれ」

「はい」

岡崎がすぐに出かけようとすると、葦名警部が言った。

「荒木といっしょに行ってくれ。手分けして探すことになるかもしれない」

岡崎と荒木は、西小路伯爵邸に向かった。

「さすがに伯爵のお屋敷だなあ……」

荒木が感じ入ったように言った。西小路伯爵邸は、市谷河田町《いちがやかわだちよう》にある。広い庭に囲まれた大きな洋館だ。壁は象牙《ぞうげ》色のペンキで塗られている。

門の中を覗き見ると、庭を掃いている下働きらしい男の姿が見えたので、声をかけた。

「ちょっと、尋ねるが……」

男が顔を向けた。巡査の制服姿を見て驚いた様子だった。

「何でしょう?」

「西小路臨三郎さんにお会いしたい。ご在宅か?」

「坊《ぼ》っちゃんですか……。少々お待ちを……」

奥に引っ込んだ男が、しばらくして戻ってきた。

「どうぞ、ご案内します」

どうやら、家にいるようだ。荒木と手分けして探し回る手間が省けてほっとした。

木々が茂る庭の中を通り、邸宅に案内された。

洋館だが、西洋人のように靴をはいたまま生活しているわけではなさそうだ。和服姿の荒木はすぐに上がれるが、革靴の岡崎は脱ぐのが少々面倒だ。

廊下を進みながら、荒木がそっと言った。

「いったい、いくつ部屋があるんだろうな」

やがて、案内をしてくれた男があるドアの前で立ち止まり、言った。

「こちらでございます」

4

「やあ、僕は何か法に触れることでもしたのかな？」

窓際に机があり、その前にある椅子《いす》に座った西小路が言った。彼は椅子を横向きにして出入り口のほうに向かっていた。

岡崎は戸口近くに立ったまま言った。

「まだ、違法なことはしていないと思うよ」

「じゃあ、何しに来たんだい」

「あんたが言ったことを、上に報告したんだ。そうしたら、部長が会いたいと……」

正確に言うと「連れて来い」と言ったのだが、まあ、それほど間違ってはいないだろう。

西小路は気分がよさそうな顔になった。

「やっぱり上の人は、君たち下々の者とは違って話がわかるね」

相変わらず癪《しゃく》に障るやつだ。

「すぐに来られるか」

「ごいっしょしよう。自動車か何かで来ているのか？」

「いや。電車で来たよ」

西小路が顔をしかめた。

「なんだ、気がきかないな……」

荒木が言った。

「気に入らないのなら、縄をかけて引っぱっていこうか？」

西小路は、にやにやと笑いながら立ち上がった。

警視庁にやってくると、西小路はまるで旧知の仲のように、鳥居部長に向かって片手を挙げた。

「やあ、ご無沙汰《ぶさた》しています」

鳥居部長も気さくに応じた。

「ご無沙汰ってほど、前に会ったときから日は経《た》ってねえだろう」

「なんだか、ずいぶん昔だったような気がするんですよ」

「玄洋社や黒龍会について、何か言ってたんだって？」

「ええ。まさか、警察の気に障ったわけじゃないでしょうね」

鳥居部長は笑顔のまま言った。

「藤田さんや城戸子爵のお嬢さんにそれをお話ししようってことらしいが……」

「ああ、もうお話ししましたよ」

「それで、お二人は何と……？」

「藤田さんはこうおっしゃいました。それは、何か大きなことの前触れかもしれないと……」

「大きなことの前触れ……」

鳥居部長がその言葉に、ふと考え込んだように見えた。

「喜子さんは、藤田さんの言葉を聞いて、いったい何が起きるのかしらと、わくわくするような顔をなさっていました」

「二人に話をしたのは、いつのことでえ？」

「そうですね……。あれは、小村寿太郎が新橋駅を出発した後のことですから、たしか七月十日だったかな……」

「その後、あんたらは何をしてたんだい？」

「市中の様子を見ていましたよ」

「それで……？」

「それで、とは？」

「壮士たちの動きは？」

「七月十九日に、松本楼に集まって、何事か話し合っていたようですね」

葦名警部が言った。

「『講和問題同志連合会』が結成された日です」

鳥居部長はうなずいた。当然彼も、そのことは知っているはずだ。

「その会合には、壮士だけじゃなくて、衆議院議員や政治団体の幹部も顔をそろえていたようだね」

西小路が言った。

「黒龍会の内田良平もいたそうですよ」

「あんたは、その同志連合会に関する会合が開かれる前から、市中の壮士に気づいていたわけだね？」

「そうですね」

「そして、その連中が玄洋社や黒龍会の会員であることを突きとめた」

「探偵ですから……」

「たいしたもんだね」

「まあね」

「いやね、俺が言ったのは、西小路伯爵のことだよ」

「なんで、祖父が……」

「いくら探偵でも、ただ町中で壮士風の男を見かけたからといって、そんなに気にはしねえだろう。ましてや、そいつらが玄洋社や黒龍会の連中だと、簡単に突きとめられるわけじゃねえ」

「ええ。簡単じゃありませんでしたよ」

「だからね、あんた一人じゃとてもそんなことは調べ出せねえだろうと思うわけよ。そうなりゃ、考えられることは一つだ。つまり、壮士風の男たちが玄洋社や黒龍会の連中だってのは、西小路伯爵がおっしゃったことなんじゃねえのかい」

西小路は笑みを浮かべた。

「まあ、祖父の意見を参考にしたのは事実ですがね……」

「だとしたら、あんたの言うことが俄然信憑性《がぜんしんぴょうせい》が高いと思えてくる」

「僕は信用できないけど、祖父なら信用できるということですか」

西小路は少しばかり傷ついたような顔になった。

鳥居部長はかぶりを振った。

「あんたを信用していねえわけじゃねえよ。ただ、伯爵の信頼度に比べれば、そりゃあ多少は見劣りもするだろうよ」

「仕方がありませんね。それが世間の見方ってもんですね。ええ、おっしゃるとおり、壮士風の男たちの正体が玄洋社や黒龍会だと言ったのは、祖父ですよ」

そうなれば、少々話が違ってくる。

岡崎はそう思った。

西小路伯爵ならばいい加減なことは言わないはずだ。何か根拠があっての発言かもしれない。

鳥居部長が思案顔で言った。

「しかしなあ……。いくら西小路伯爵のお言葉でも、うちの岡崎が言ったように、警察が簡単に玄洋社や黒龍会に手出しはできねえぜ」

「ですから、僕たちがやると言ってるんです」

「僕たちってのは、つまり、藤田老人や城戸子爵令嬢のことだね？」

「そういうことです。警察ができないというのなら、民間人の僕たちがやるしかないでしょう」

「民間人の協力は不可欠だな」

鳥居部長がそう言ってから声を落とした。「ついては、調べたことを報告してほしい」

「報告ですか？」

「何かよからぬことが計画されていたらまずいだろう」

西小路は考え込んだ。

「こちらからの協力は求めるけど、警察は僕たちに協力してくれないんですよね」

「そうは言っちゃいねえよ。俺たちにできねえことをやってほしいと言ってるんだ。もちろん、警察の力が必要になったら、協力するよ」

「どうかなあ……。警察は信用できないからなあ……」

「ほう、信用できねえかい。なら、どうして話をしに来たんだい？」

西小路はにっと笑った。

「警察は信用できないけど、鳥居部長や葦名警部は信用できると思ったからですよ」

「じゃあ、お互いに信用できるってことだ。話は決まったな」

「報告と言っても、具体的にはどうすればいいんです？」

「葦名の舎弟たちを使ってくんな」

「四人の巡査ですか？」

「ああ。こいつらはこれから、赤坂榎坂に詰めることになるんで、そっちに行ってくれれば、会えるだろう」

「榎坂……」

西小路は、ぴんときた様子だった。「わかりました。では、何かあったらそちらに足を運びましょう」

鳥居部長はうなずいた。

「今日は、わざわざ来てもらって、済まなかったな」

「いえいえ、いつでも呼んでください」

鳥居部長が岡崎に言った。

「出口までお送りしろ」

言われたとおり、岡崎は西小路を玄関まで送っていった。

玄関で西小路が言った。

「僕が言ったとおり、世の中いっそう騒がしくなってきただろう」

岡崎はこたえた。

「そんなこと言ったっけ？」

「鳥居部長は、そこんとこ、ちゃんとおわかりのようだ」

「そうかな……」

西小路は玄関を出て、警視庁から去っていった。

第一部に戻ると、席に鳥居部長の姿がなかった。岡崎は荒木に尋ねた。

「部長はお出かけか？」

「ああ、そのようだね」

「最近は、席にいないことが多いな」

「何か頻繁に打ち合わせがあるようだ」

そのとき、葦名警部が言った。

「榎坂に出かけるぞ」

それから彼は時計を見た。「十二時半か。そのまえに腹ごしらえをしてこい」

やれやれ、昼食抜きにならずに済みそうだ。岡崎はほっとしていた。

榎坂は、首相官邸がある永田町《ながたちょう》から近い。お鯉を住まわせてから、桂首相は官邸から散歩がてら歩いてやってくることがあるということだった。

本人はそれでいいかもしれないが、所轄の赤坂警察署としてはたまったものではない。

桂首相が官邸を出たという知らせが入ると、慌てて身辺警護のための巡査が署を飛び出していくらしい。

「さすがに時の首相の愛妾の家だ。立派なもんじゃないか」

そう言ったのは、岩井だった。皮肉な口調だった。すると、久坂が言った。

「別に首相の愛妾だからって、本人が悪いわけじゃない」

岩井が言う。

「別に悪いとは言ってないさ」

「首相に眼を付けられたら、嫌とは言えないだろう」

「ふん。嫌だと言えばいいんだ」

葦名警部が言った。

「無駄口を叩《たた》くんじゃない」

岩井と久坂は、一瞬にして押し黙った。

葦名警部が背筋を伸ばして、大声を上げた。

「警視庁である。誰かいないか？」

ほどなく、巡査の制服を着た男が出てきて門の格子戸を開けた。

「警視庁……？」

「第一部第一課の葦名警部だ」

相手は即座に挙手の礼をした。

「赤坂署の門馬時忠《もんまときただ》と申します」

どうやら、門馬は巡査のようだ。髭《ひげ》を生やして年長に見えるが、実際はそれほどの年齢ではなさそうだった。

華名警部が言った。

「こちらの邸宅の警護をするようにと言われてやってきた」

「あ……」

門馬は岡崎たち巡査を見回して言った。「それは実にありがたい。こういう仕事はいくら手があっても足りないのです」

「それで、我々はどうすればいいのか」

「入ってください。当番制で邸宅の周辺の警護をしています」

門馬が場所をあけて、華名警部一行を招き入れた。庭に入ると、出入りの業者らしい男が声をかけてきた。

「あれえ、角袖のだんな。またいらしたんですかい」

荒木がこたえた。

「ああ、栄次郎《えいじろう》さんか。また来たよ。お役目だからな」

「しっかり、お鯉さんをお守りしてくださいよ」

荒木は何もこたえず、ただ片手を挙げただけだった。

岡崎が尋ねた。

「知り合いなのか？」

「久坂といっしょに、ここの警護をやっただろう。そのときに知り合ったんだ。ここの庭を見ている植木職人だ」

「栄次郎というのか？」

「ああ。姓は知らない。みんな栄次郎としか呼ばないんだ」

「ふうん……」

門馬は、玄関の前にいた立派な髭の男に告げた。

「警視庁の葦名警部です」

制服から相手も警部であることがわかった。

「赤坂署の大野《おおの》といいます。警視庁本部がわざわざお出ましとは……。やはり、講和条約の件でしょうか……」

葦名警部が聞き返す。

「講和条約の件？」

「三十日の夜から、講和の件が新聞で報道され、騒ぎになっているじゃないですか。首相にもいっそう風当たりが強くなります。そうなれば、愛妾のお鯉にだって非難が集まることになります」

葦名警部が言った。

「たしかに、我々がここの警護を命じられたのは、講和条約についての報道と無縁ではないだろうな」

「平常時でさえ、公費で首相の愛妾の警護をするとは何事かと批判する人々がいるのです。講和条約に不満を持った民衆が桂首相を攻撃するようになったら、ここもどうなるかわかりません」

「わかった。当番制ということだが、具体的にはどういうふうに……?」

「まあ、有り体に言いますと、赤坂署も署員を常駐させるわけにはいきません。手の空いている者を投入し、疲弊している者が休むという体です」

あまり効率的とは言えないなと、岡崎は思った。つまり、動ける者が限界まで動き、疲れ果てたら、誰かと交代するというやり方だ。

きっちりと当番を決めたほうがいいに決まっている。だが、それができないのだろう。大野が言うように、手の空いている者がここに送り込まれてくるが、それがいついなくなるかわからないのだ。当然、事件が起きたらそちらが優先される。だから、どうしても行き当たりばったりの当番になってしまうのだ。

葦名警部が言った。

「我々は、こちらに詰めるように言われているので、赤坂署と違って常駐できるはずだ」

大野警部と門馬が顔を見合わせた。それから大野が言った。

「それはたいへん心強いですな。では、さっそく、お鯉さんにお目通りいただきましょうか」

すると、荒木が葦名警部に言った。

「自分と久坂はすでにお目にかかっておりやすので……」

葦名警部がうなずいて言った。

「では、ここで待っていてくれ」

葦名警部、岡崎、岩井の三人が、大野警部に連れられて屋敷に上がった。居間に和服姿の若い女性がいた。

なるほど、久坂が言ったとおり、きりっとした美人だ。

大野警部が紹介した。

「お鯉さんこと、安藤照《あんどうてる》さんだ」

すると、彼女は笑みを浮かべて言った。

「本名なんざ、どうでもよござんす。お鯉でけっこうですよ」

岡崎は一瞬、圧倒された。新聞などによると、彼女はまだ二十四歳だ。にもかかわらず、驚くほどの貫禄《かんろく》があった。

大野警部がさらに言う。

「こちらは警視庁の葦名警部に……」

岡崎と岩井は順に自己紹介をした。すると、お鯉は頭を下げた。

「よろしくお願いします」

岡崎も自然と礼をしていた。

「では、失礼します」

大野警部のその言葉を合図に、一同は退出した。玄関の外に出ると、岡崎は、そこで待っていた久坂に言った。

「おまえの言ったことがわかったよ」

久坂はうなずき、「そうか」とだけ言った。

その日から、岡崎たちはお鯉の家に詰めることになった。といっても、屋敷内に入るわけではない。あくまでも周辺の警護だ。

詰所もないので、なかなか辛い。とくにこのところ、ひどい残暑が続いているので、見回りをするだけでもこたえた。

その翌日、九月一日には、新聞各紙が講和条約への批判をさらに募らせていった。それに呼応するように、民衆が動きはじめる。

この日、芝《しば》区三田《みた》の桂首相の自宅に投石があった。警察官が急行し、紙くず買いに変装して邸宅内に侵入しようとしていた三人組を取り押さえた。

お鯉の家でも異変があった。この家には、おとしという名の女中がいた。彼女が家の外を見回りしていた岡崎のもとに、一通の手紙を持って来た。

それはお鯉への脅迫状だった。下品な脅しの言葉が書き連ねてある。その手紙はすぐに葦名警部に届けられ、さらに警視庁へと届けられた。

警戒を強める中、九月三日には、『報知《ほうち》新聞』の一面に、お鯉と桂太郎《たろう》の顔写真入りの批判記事が載った。

それを知った葦名警部が岡崎たち巡査に言った。

「くれぐれも警戒を怠るな。このままでは済まんぞ」

5

四日の朝、岡崎と荒木が屋敷の周辺の見回りをしていると、お鯉が俥で外出しようとしているのが見えた。

近づいて行き、荒木が尋ねた。

「どちらへお出かけですか？」

お鯉がこたえる。

「首相官邸に参ります」

「官邸に……。昨日、『報知』にどんな記事が載ったか、ご存じないのですか？」

「見ましたとも。一面で、しかもご丁寧に二色刷りでしたね」

「軍国の大宰相、其寵妾《そのちようしよう》」という見出しの記事だった。桂首相の顔は写真だが、首から下は絵になっていた。浴衣《ゆかた》の絵で、鯉の柄だった。

お鯉の洋装の写真は、その桂の写真と絵よりも高い位置に掲載されていた。『報知新聞』の記者の狙《ねら》いは明らかで、桂首相への批判と同時に、その愛妾を槍玉《やりだま》に挙げたかったのだ。

「今日は、外出をお控えになったほうがよろしいのでは……」

「そうもいきません。官邸で桂が待っておりますので……」

首相が待っていると言われては、巡査ごときには何も言えない。

荒木が言った。

「くれぐれもお気をつけになってください」

「ごくろうさまです」

お鯉を乗せた俥は去っていった。

それを見送りながら、岡崎は言った。

「なんと、妾《めかけ》が官邸に出入りするのか……」

同じように俥を見やりながら、荒木が言う。

「桂は正妻と仲が悪くてな……。奥さんが官邸に来ねえんで、周囲の者が心配してお鯉さんに身の回りの世話をするように言ったそうだ。今では、官邸にいるほうが多いと聞いたぜ」

「ずっと官邸にいてくれたら、警備も楽なんだろうがな……」

「そうもいかねえんだろう。さて、お鯉さんが官邸に出かけたと、赤坂署の連中に知らせてやろう。本人がいない間は、少しは気を抜けるってもんだ」

「そうも言っていられないだろう。不穏な手紙が何通も送られてきている。桂首相の自宅では投石があったり、不審者が捕らえられたりしている。気を抜くことなんてできないだろう」

荒木は薄笑いを浮かべた。

「おまえは、本当に真面目《まじめ》だな。こんな仕事はどこかで気を抜きながらでないと、やってられねえのさ」

荒木はそう言って、屋敷の敷地内に入っていった。

庭にいた植木職人の栄次郎が近づいてきて言った。

「お鯉さんがお出かけになるのに、どうして護衛が付かないんです？」

荒木がこたえた。

「倖だから、心配はないだろう」

「そんなことはありませんよ。倖が襲撃されたらどうするんです」

「そんな物騒なことにはならねえよ」

「市中がどんなになっているのかご存じないんですかい？」

岡崎と荒木は顔を見合わせた。

岡崎は尋ねた。

「いったい、どうなっていると言うんだ？」

「講和条約反対で、みんな殺気立っているんです。桂を殺そうというやつらもいる。だから、あっしもこうしてお屋敷に様子を見に来たんです」

岡崎はさらに尋ねる。

「植木屋のあなたが、どうして……」

「このお屋敷には、おなご衆しかいらっしゃいませんからね」

たしかに栄次郎の言うとおりだ。眼の不自由なお鯉の養母と四人の女中がいる。男手はない。

おそらくこの栄次郎が普段から、力仕事などに手を貸していたのだろう。もしかしたら、お鯉に特別な感情を抱いているのかもしれない。そうであっても不思議はないと、岡崎は思った。

お鯉はそれくらいに、魅力的な女性だった。世間はお鯉に批判的だが、人の魅力というのは実際に会ってみなければわからない。

「とにかく」

荒木が栄次郎に言った。「官邸にいれば安心だ。しばらくそちらにいらしてほしいものだ」

「あっしもそう思いますがね。そうはいかねえでしょうね。お鯉さんは、おかあさんのことを心配なさるでしょうから」

栄次郎が「おかあさん」と呼んだのは眼の不自由な養母のことだろう。実母はどこか別なところにいるらしい。

「いいから、警護のことは俺たちに任せてくれ」

荒木が言うと、栄次郎は「へえ」とだけ言ってその場を離れていった。

岡崎と荒木は、縁側に腰かけている葦名警部と赤坂署の大野警部のもとへ行き、お鯉を見送ったことを報告した。

葦名警部が言った。

「官邸へおいでのことは、本人から聞いている」

荒木が言った。

「市中がなんだか、剣呑な様子だと、植木職人の栄次郎が言っていましたが……」

すると、大野警部が溜め息をついた。

「ここにこうして詰めていると、どうも外の様子がわかりにくいな……」

葦名警部が言った。

「何かあれば、電話が来るでしょう」

首相の妾宅だけあって、ここには電話が敷いてあった。

「そうですね。大事があれば、赤坂署から伝令も来るはずです」

荒木が言う。

「栄次郎が言うほど、物騒じゃないということでしょうか」

葦名警部がかぶりを振った。

「油断は禁物だ。講和条約反対で、人々が騒いでいることは確かだ。これから何が起きるかわからない」

岡崎は言った。

「玄洋社や黒龍会の壮士が動いているという話も気になります」

この言葉に驚いたように、大野警部が言った。

「なに、玄洋社に黒龍会？　そんな話があるのか？」

葦名警部がそれにこたえる。

「私立探偵が持ち込んできた話なのですが……」

「私立探偵？　そんなのはいい加減な話じゃないのか？」

「いえ、裏付けのある話のようです」

さすがに、西小路伯爵の名前を出すわけにはいかない。

「本当だとしたら、連中は何を目論《もくろ》んでいるのか……」

葦名警部が、あくまでも冷静な口調で言った。

「ここでそんなことを心配しても始まりません。我々は与えられた任務を果たすだけです」

大野警部が言う。

「つまり、お鯉さんを守ることですね」

「そう。我々は、上司の鳥居部長にそう命じられたのです」

ふと大野警部が興味深げな顔になって言った。

「噂では、鳥居部長はあの鳥居耀蔵の縁者だということですが、それは本当なんですか？」

葦名警部はかぶりを振った。

「さあ、どうでしょう。私は知りません」

その日の夕刻、お鯉が帰宅してきたと思ったら、またすぐに出かける様子だった。

岡崎は荒木に言った。

「いったい何事だろう……」

荒木が屋敷の慌ただしさをうかがいながらこたえる。

「さあな……」

すると、大野警部が門の外まで出て来て、岡崎たちを見つけて言った。

「おい、おまえたち」

「はっ」

二人は大野警部のもとに駆け寄った。

「官邸までお送りする」

荒木が聞き返す。

「え、また官邸ですか？」

「ああ。お鯉さんによると、官邸からの帰り道、不審な男たちがこのあたりをうろついているのをご覧になったらしい。さらに、この近所の人が、榎坂まで行ってくれと俥屋に言ったところ、お鯉さんの家のそばには行かないと言われたそうだ」

「俥屋が警戒するほど、このあたりが危険だということですね」

「お鯉さんは、そのことを桂首相にお知らせするために、官邸に戻るとおっしゃっている。上からは、警部以上の者が警護するようにというお達しだから、私が官邸まで付きそうことにする。いいか、くれぐれも気を抜くな」

「わかりました」

やがて、俥が二台やってきて、お鯉と大野警部がそれに乗り込んだ。それらが走り去ると、岡崎は荒木に言った。

「葦名警部のところに行ってみよう」

葦名警部は、朝方と同様に庭の縁側に腰かけていた。

岡崎と荒木が近づいて行くと、葦名警部が言った。

「ちょうどよかった。おまえたちを探しにいこうと思っていた」

岡崎は言った。

「お鯉さんが、官邸に出かけたそうですね。外で大野警部に会い、話を聞きました」

「どうやら、榎坂周辺は思ったより治安が悪くなっているようだ。だが、増員は望めない。現在の人員で警戒するしかない」

荒木が尋ねた。

「赤坂署の連中や、久坂と岩井は……？」

「屋敷の周辺を見回っているはずだ。おまえたちも行ってくれ」

「わかりました」

岡崎たちはすぐに門を出て、屋敷の周辺を巡回しはじめた。

すぐに、赤坂署の巡査二人組が、怪しげな男に尋問しているのに出くわした。岡崎は尋ねた。

「何があった?」

赤坂署の巡査の一人がこたえた。

「このあたりをうろつき、お屋敷の中の様子をうかがっているようだったので、話を聞いている」

その男は年齢は二十代半ばだろうか。このところ、厳しい残暑が続いているが、それにもかかわらず羽織を着ている。着流しに羽織は壮士の恰好だ。

男は言った。

「なぜ、巡査がこの屋敷の警護をしている? ここは桂のお妾の家だろう」

赤坂署の巡査が応じる。

「だから何だと言うんだ」

「公費で妾の警護をするとは何たることか。それは国民に対する裏切りであろう」

そんなことを言われても、こっちは上から言われたことをやっているだけだ。

そう思ったが、そんなことを言い返しても火に油を注ぐだけだから、岡崎は黙っていた。

赤坂署の巡査はうんざりした様子で言った。

「いいから、屋敷には近づくな。立ち去らないと捕縛するぞ」

男が言い返す。

「ほう。何の廉《かど》で捕まえると言うんだ？」

「公務を妨害したる廉だ」

「妾の警護が公務とは聞いてあきれる」

「いいからすぐに立ち去れ」

「ここは天下の公道だ。立ち去る理由はない」

そのとき、荒木が言った。

「あんた、壮士風だが、もしかして玄洋社か黒龍会かい」

相手は目を丸くした。

「何だって？」

荒木がさらに言う。

「もしそうなら、話を聞く必要がある。警視庁まで来てもらうことになるな」

相手は慌てた様子になった。

「いや、俺はそのような者ではない……」

「それが本当かどうか、じっくり聞かせてもらおうじゃねえか」

男は後ずさりした。

「いや、俺はただ、噂のお鯉とはどんな女か一目見てやろうとやってきただけだ。立ち去れと言うのなら、立ち去る」

「今さら都合がいいな」

　男はくるりと背を向けると逃げていった。

　赤坂署の巡査が荒木に尋ねた。

「玄洋社か黒龍会……？」

「ああ。連中がうろついているという話があるんだ」

「今の男もそうだろうか」

　荒木は苦笑した。

「そうじゃねえだろう。あらぬ疑いをかけられて、拷問でもされたらかなわねえと思って逃げ出したんだ」

「とにかく助かった。今の男は口が立つので往生していたんだ」

　赤坂署のもう一人の巡査が言った。

「ふん、殴ってでも立ち退《の》かせればよかったんだ」

　それを聞いて荒木が言った。

「それは下司《げす》のやることだよ」

「おいを下司呼ばわりしもすか」

　荒木は眼をそらして、つぶやいた。

「やっぱり薩摩っぽか……」

　岡崎は、言い争いにならないうちに二人を引き離そうとして言った。

「じゃあ、我々はこちらを見回るから……」

荒木の腕を引っ張って、その場を離れた。

角を曲がると、また不審な二人組を見つけた。岡崎たちが近づいて行くと、彼らはこそこそと逃げ出した。

そんなやつらがそこかしこにいる。

荒木が言った。

「時を追うごとに、物騒な雰囲気になってやがるな」

「そんなときに、同僚に喧嘩《けんか》を売るようなことは言うなよ」

「おまえだって薩摩のやつらは気に入らねえだろう」

「俺は、岩井とは違うよ」

荒木は、ふんと鼻で笑った。


日が落ちてあたりが暗くなると、榎坂一帯はますます不穏な様子になってきたように感じられた。

もう何時間巡回を続けただろう。さすがに疲れたなと思っていると、荒木が肘《ひじ》で岡崎をつついた。

暗がりの中、正面から近づいてくる者がある。眼をこらして見ると、それは西小路のようだった。

周囲の雰囲気にまったくそぐわない脳天気な口調で、彼は言った。

「やあ、お勤めごくろうだね」

岡崎は尋ねた。

「こんなところで、何をしている。まさか、あんたもお鯉の様子を見に来たんじゃないだろうな」

「僕は君たちに会いに来たんだよ」

「俺たちに……？」

「そう。話があるときは、榎坂にいる君たちに会いにいけと、鳥居部長がおっしゃっていただろう」

「それで、何の話だ？」

「桂首相が、頭山満や杉山茂丸に電話をしたようだよ」

岡崎はびっくりした。

頭山満は玄洋社の中心人物だし、杉山茂丸は頭山と同じ福岡出身で、政財界にいくつもの人脈を持つ人物だ。

「どうしてそんなことを知ってるんだ」

そう言ってから気づいた。「ああ、伯爵から聞いたんだな」

「そう。祖父がたまたま官邸にいて、それを目撃した」

荒木が尋ねる。

「いったい、桂は頭山たちに何を話したんだ？」

「そこまではわからない」

「なんだ。それじゃしょうがない」

「ただね……」

「ただ、何だ？」

「そのことを、藤田さんに話したら、間違いなくそれは、大きな出来事の前触れだから、警察に知らせたほうがいい、と……」

岡崎は言った。

「藤田さんがまたそんなことを……」

荒木が言った。

「大きな出来事って、何だ？」

「そりゃ当然、講和条約反対の運動と関係したことだろうね。市中はますます剣呑な雰囲気になって、市民たちはすっかり怯《おび》えているよ」

岡崎は荒木に言った。

「葦名警部に知らせたほうがいいな」

荒木はちらりと西小路を見て言った。

「そうだな。西小路伯爵のお話となれば、無視はできない」

岡崎は西小路に言った。

「こっちに来てくれ」

彼を門のところで待たせておいて、岡崎と荒木は葦名警部を呼びにいった。西小路伯爵の名前を出すと、葦名警部はすぐに腰を上げた。

門のところまで来ると、葦名警部は西小路に言った。

「桂首相の電話の件は、本当か？」

「間違いありませんよ」

「桂首相が玄洋社の頭山に何を言ったのだろう」

「それはわかりませんが、お鯉さんから、赤坂榎坂の家のまわりが物騒だという話を聞いた上でのことだということです」

荒木が発言した。

「その話を藤田老人にしたところ、何か大きな出来事の前触れだと言ったそうです」

葦名警部は、荒木に言った。

「おまえは、すぐに警視庁に行って、そのことを鳥居部長に知らせてくれ」

「がってんです」

荒木はすぐにその場を去っていった。

西小路が周囲を見回して言う。

「お鯉さんがあわてて官邸に引き返してきたと聞いたけど、なるほど、この物騒な雰囲気なら、それもうなずけますね」

葦名警部が言う。

「だから、君も早く引きあげたほうがいい」

西小路は肩をすくめて言った。

「どうやら、そうさせていただいたほうがいいようだ。では、失礼しますよ」

西小路は小さく会釈すると、その場を去っていった。その後ろ姿を見ながら、岡崎は思った。

これから何が起きようとしているのか。

6

夜になってもお鯉は帰ってこない。官邸に泊まるのだろう。心配だからとずっと家にいた栄次郎も帰宅した。

榎坂《えのきざか》の家には、お鯉の養母と四人の女中だけが残っていた。岡崎たち巡査は交代で巡回を続けていたが、今のところ事件は起きていない。

赤坂《あかさか》榎坂に縛りつけられているので、岡崎たちには、市内全体の様子がわからない。警視庁に報告にいった荒木が戻ったら話を聞いてみようと思っていた。

その荒木が戻って来たのは、午後九時過ぎのことだ。庭にいる葦名警部のもとに向かったので、岡崎もそれについていった。久坂と岩井もやってきた。彼らも、他の地域がどうなっているのか気になっているのだ。

荒木が葦名警部に言った。

「西小路が言っていた件、部長に知らせようとしましたが、存外時間がかかりまして……」

「時間がかかった……？　どういうことだ？」

「鳥居部長は、警視総監から、市内の警備責任者を仰せつかっておいでで……。なかなか近づくことができなかったんです」

「警備責任者……」

葦名警部が眉《まゆ》をひそめるのが、家の中から洩《も》れる明かりで見えた。「それなら、一人でも多くの人手が必要なはずだ。どうして、我々を榎坂に派遣したのか……」

岡崎はそう言われても、ぴんとこなかった。

久坂が言った。

「警視総監からの命令は、自分らをここに来させた後のことだったんじゃないでしょうか」

葦名警部がかぶりを振る。

「だとしても、必要なら我々をすぐに呼び戻すはずだ」

荒木が皮肉な口調で言う。

「俺《おれ》たちなんぞ、必要ないということですかね」

それに対して、むっとした口調で岩井が言った。

「そんなはずはないだろう。葦名警部は、特に鳥居部長の信頼が厚いんだ」

荒木が言い返す。

「じゃあ、どうして俺たちは今ここにいるんだ？」

葦名警部が言った。

「部長に何かお考えがあるに違いない。とにかく、部長の指示だ。ここの警備をしっかりやらなければならない」

この一言で、巡査たちは黙った。

葦名警部が荒木に尋ねた。

「西小路の話に、部長は何かおっしゃったか？」

「それがですね……」

荒木が怪訝《けげん》そうな声音で言った。「おめえたちは、何があっても榎坂を離れるんじゃねえぞって……」

岡崎は、それを聞いて、荒木と同様に訝《いぶか》しく思った。巡査が守るべきものは他にもあるはずだ。

首相関係者は、間違いなく重要人物だが、愛妾《あいしょう》も警察が守るべき関係者に入るかどうか疑問だった。

個人的には守ってやりたいと思う。特に実際にお鯉に会ってみたら、魅力的な女性だったので、ぜひ守りたいとは思う。

だが、それは警察の職務とは別ではないだろうか。桂が玄洋社の頭山に電話をしたという。ならば、玄洋社や黒龍会の者たちに警護をさせればいいのではないかとさえ思う。

それなのに、鳥居部長はお鯉の家を離れるなと言う。部長はいったい、何を考えているのか……。

葦名警部が言った。

「それならば、何があっても我々はここから離れるわけにはいかない」

不満や疑問があってもやらなければならない。それが警察の仕事だ。

岩井が荒木に尋ねた。

「それで、市中の様子はどうなんだ？」

「それが静かなのさ。藤田老人の言葉が気になって、ずいぶんと気をつけて様子を見てきたつもりだが、なんだか、いつもより静かなくらいだ」

「それは、嵐《あらし》の前の静けさってやつなんじゃないのか」

そうかもしれないと、岡崎は思った。

葦名警部が言った。

「現在、赤坂署の巡査四名を含め、八名の巡査で巡回をしている。特別なことがない限り、この態勢でいく。持ち場に戻ってくれ」

岡崎たちは、再び庭を出て屋敷の周囲の警戒を続けた。交代で二十四時間態勢の警戒だ。

このまま何も起きないでくれればいいのだが……。岡崎は、そんなことを思いつつ、暗がりの中を歩いていた。

九月五日火曜日、友引。その日はよく晴れており、日が昇る頃《ころ》からどんどん気温が上昇していた。

お鯉はまだ首相官邸にいるとのことだった。当然ながら官邸は重要警備拠点になっているので、そこにいてくれれば安心だ。

岡崎たちは仮眠を取りながらの警備だったが、ろくに眠れておらず、夜が明ける頃には誰《だれ》もが疲労の色を濃くしていた。

そこに厳しい残暑だ。岡崎は、ほとほと参っていた。

お鯉の家の警備はいつまで続くのだろう。つまりそれは、講和条約に対する民衆の反感がいつ収まるのかということだ。

あと二、三日のことだろうか。それとも一週間ほどかかるのか……。岡崎には見当もつかなかった。

その朝は、久坂と組んで見回りをしていた。

「お鯉さんが、官邸で無事でいてくれるといいんだがなあ」

岡崎は言った。

「なんだ。おまえはすっかりお鯉が気に入ったようだな」

「そうだな」

久坂は臆面《おくめん》もなく言った。「美人だし、気っ風《きぷ》はいいし……。批判の矢面に立たされているが、別にお鯉さん自身は何も悪いことをしたわけじゃない」

「宰相のお妾《めかけ》だというだけで、憎しみの眼《め》を向ける人がいるんだ。俺だって、実際に会うまでは批判的だった」

「そうだろう。実際に会えば気持ちが変わる。第一、自分から妾になったわけじゃない。桂に何度も口説かれた結果じゃないか。首相に口説かれては、なかなか嫌と言えないだろう」

そのとき、岩井が駆け寄ってくるのが見えた。

久坂が尋ねた。

「どうした?」

「これを見てくれ」

岩井が手にしているのは、『萬朝報《よろずちょうほう》』だった。一面に「講和問題国民大会」なるものが日比谷《ひびや》公園で開かれることが書かれている。

久坂が言った。

「講和問題国民大会? 何だこれは……」

「例の講和問題同志連合会というのが主催する抗議集会らしい」

「講和問題同志連合会……?」

久坂が眉をひそめる。「それって、玄洋社や黒龍会も関係しているというやつだな」

「そうか……」

岡崎は言った。「壮士たちが動き回っていたのは、そのための下準備だったんじゃないのか」

岩井が言う。

「警察では、事前に大会の中止を申し入れたそうだが、先方は聞き入れなかったそうだ」

新聞を読んでいた久坂が言った。

「大会主催の中心人物は、小川平吉か……」

岩井が付け加える。

「新潟《にいがた》選出の大竹貫一も名を連ねているぞ」

岡崎はさらに言った。

「鳥居部長が市内警備の責任者を命じられたのは、おそらく警視庁の上のほうが、事前にそういう動きを察知していたからなんだろうな」

岩井が言う。

「警視庁というより、内務省だろう」

久坂が『萬朝報』を岩井に返して、思案顔になった。

「中止を申し入れて拒否されたとなれば、実力で阻止、ということも考えられるな。警察にも面目があるからな」

岡崎は言った。

「実力で阻止……。それで収まるだろうか……」

「わからん」

久坂がこたえる。「大会に、いったいどれくらいの人が集まるかわからない。このところの新聞の論調に煽《あお》られ、大勢詰めかけるんじゃないのか」

それに対して岩井が言う。

「どうかな……。存外民衆というのは冷めているものだ。大会を傍《はた》から冷ややかに眺めているだけかもしれない」

「相変わらず、おまえは物事を軽く見ようとするんだな。本当は、そうは思っていないんだろう」

そこに赤坂署の巡査がやってきた。荒木が「薩摩《さつま》っぽ」と呼んだ巡査で、岡崎たちよりも少しばかり年上だった。

「こんなところで何をしておるか」

岩井がむっとした調子でこたえる。

「別に何もしていない」

岩井もすでに彼が薩摩出身だということに気づいているようだ。

「油を売っている場合か」

岡崎も「薩摩っぽ」の態度に、むっとしながら言った。

「新聞から、世間の沙汰《さた》を知ろうとしていたんだ。何でも講和問題国民大会というのが開催されるそうじゃないか」

「それを開催させないために尽力しておるのだ。麴町署《こうじまち》は、日比谷公園を封鎖したという話だ。ここにも群集が来るかもしれない」

「群集が……」

久坂が言う。「まさか……」

「まさか、ではない。麴町署では厳戒態勢だ。わが赤坂署も、重要施設をかかえておるので、朝から総動員態勢だ。おはんらもぼんやりとしていては困る」

別にぼんやりとしているわけではない。しかし、たしかに何をしていいかわからずにいる。

久坂が言うように、まさかここに群集が押しかけてくるとは思えなかった。政治集会など珍しいことではない。日比谷公園を管轄《かんかつ》するとはいえ、麴町署が厳戒態勢とは、いささか大げさなのではないかと、岡崎は思っていた。

「とにかく、警戒を怠るな」

そう言い置くと、「薩摩っぽ」は歩き去った。

「何だ、あいつは……」

久坂はぽかんとした顔で彼の後ろ姿を眺めていた。

岩井が忌々《いまいま》しげに言う。

「薩摩のやつらはみんなああだよ」

岡崎は言った。

「そんなことはない。偉そうなのは、あいつ個人の性格だろう。出身地の問題じゃない。それより、荒木の姿が見えないな」

岩井がこたえた。

「あいつは、庭師の栄次郎といっしょに、家の中に賊などが入り込んだときに備えている」

岡崎は尋ねた。

「栄次郎がまた来ているのか？」

「早朝から来ている」

「よほどこの家のことが気になるんだな」

岡崎が言うと、久坂がそれにこたえた。

「気持ちはわかるな。彼もお鯉さんの役に立ちたくて仕方がないんだ」

「今、おまえは、彼も、と言ったな。それはおまえもそうだということか」

久坂はあっけらかんとうなずいた。

「そうだよ。俺はお鯉さんの役に立ちたい」

岡崎は、あきれた思いで久坂の顔を見た。

「相手は首相のお妾さんだぞ。思いを寄せたところで、どうしようもない」

「どうこうしようなんて気は、毛頭ないさ。ただ気に入っただけだ」

久坂の、このこだわりのなさが、岡崎はときどきうらやましくなる。

「とにかく、巡回を続けよう」

岩井と別れ、岡崎と久坂は歩き出した。

今日も三十度を超えそうだ。すでに制服の下は汗ばんでいた。

詰所もないまま巡回を続けていた巡査たちは、庭の縁側を休憩のために使うようになっていた。交代で腰を下ろすだけで、仮眠も取れない。

だが、休憩する場所があるというだけで、おおいに助かると、岡崎は思っていた。

ちょうど岡崎と久坂が休憩にやってきたとき、赤坂署から電話がきていると、女中の一人が告げにきた。

縁側にいた葦名警部がそれに出るために家に上がった。

何事だろうと思っていると、葦名警部が戻ってきて言った。

「巡回中の巡査たちを集めてくれ」

岡崎と久坂は手分けして、屋敷周辺にいる巡査たちに声をかけに行った。

約十分後に、岡崎が岩井と荒木を、そして久坂が赤坂署の巡査四名を連れて庭に戻った。

葦名警部が巡査たちを見回して告げた。

「日比谷公園近くで、角袖《かくそで》二名が群集に袋だたきにされたということだ」

岡崎は、一瞬、何を言われたのかわからなかった。普段、一般市民は警察官を恐れている。警察官が襲撃されることなど考えられない。

葦名警部の話が続いた。

「日比谷公園には、午前中から人が集まっており、今なお、公園方面に向かう電車は満員だということだ。麴町署は、公園の六つの入り口に鹿砦《ろくさい》を築き、三百人の警察官を配備して封鎖した」

鹿砦というのは、丸太を交差して鹿の角のように立てて並べた柵《さく》のことだ。警察官三百人というのは大事《おおごと》だ。「薩摩っぽ」が言ったことは決して大げさではなかったということか……。

葦名警部はさらに言った。

「二重橋前、三菱ヶ原《みつびしはら》など公園周辺の要所にも警察官を配備して警戒している。すでにそのあたりで、警察官と群集が睨《にら》み合いになっているらしい。今朝、講和問題国民大会の中心人物である、小川平吉と大竹貫一が公園近くの講和問題同志連合会の事務所に行こうとしたところ、刑事二名が呼び止め警視庁へ連行しようとした。その際に、群集が刑事たちに暴行をはたらいたのだ」

岩井が言った。

「自分らは、ここにいていいのですか？　厳戒態勢だということですが……」

葦名警部は表情を変えることなく、言った。

「ここを離れるなというのが、鳥居部長の指示だ。ここも重要拠点であることは間違いない」

「しかし、何百人もの警察官が各所に動員されているのでしょう」

「それぞれに役目がある。ここを守るのが我々の役目だ」

岡崎は気づいた。葦名警部も、ここを離れて警視庁に戻りたいのだ。やるべきことは他にたくさんある。そう思っているに違いない。

しかし、鳥居部長の指示には逆らえないのだ。

葦名警部が言う。

「今後の群集の動きは予断を許さない。みんな気を引き締めてくれ。以上だ」

巡査たちは再び、自分の持ち場に散っていった。

岡崎と久坂は休憩するところだったので、庭に残ったままだった。

岡崎は葦名警部に尋ねた。

「厳戒態勢ということですから、休憩をせずに、自分らも警戒を続けましょうか?」

葦名警部はかぶりを振った。

「こういうときこそ、休憩が必要なんだ。疲れ果てていては職務を遂行することはできない」

「わかりました」

岡崎と久坂は休むことにした。縁側に腰を下ろすとき、思わず「ふう」と声が出た。

葦名警部も縁側に座った。岡崎はその横顔を見た。いつもと変わらぬ穏やかな表情だ。

だが、葦名警部こそ疲れているはずだ。

赤坂署の大野警部は、お鯉の警護で首相官邸に行ったきり戻らない。今、ここの指揮を一手に引き受けているのだ。

その葦名警部が言った。

「職務中だが、居眠りをするくらいは、大目に見るぞ」

「え……」

思わず岡崎は葦名警部の顔を見た。彼は無表情のまま言った。

「実は私も、みんながいないときは居眠りをさせてもらっている」

まるで心を読まれたようだと、岡崎は感じた。だが、決して嫌な気持ちはしなかった。

本当に居眠りをしてしまいそうだ。それくらいに疲れていたのだ。

そのとき、赤坂署から伝令がやってきた。葦名警部が尋ねる。

「何事か？」

「日比谷公園の封鎖が破られたとのことです。鹿砦を突破したのは、内田良平たち黒龍会だということです」

岡崎はそれを聞いて、思わず腰を上げていた。

7

「日比谷公園の国民大会は、午後一時に始まる予定でしたね」

岡崎は葦名警部に言った。「警視庁は中止を命じていたといいますが、大会は開かれたのでしょうか」

「中止を命じたのではない。申し入れたのだ」

葦名警部はそう言っておいてから、まだその場に残っていた赤坂署の伝令に尋ねた。

「大会はどうなった？」

「予定通り開かれたようです」

「どのくらいの人数が集まったのだ？」

「はっきりしたことはわかりませんが、三万人ほどが集まったという知らせがありました」

岡崎は驚いて、思わず「三万人」と鸚鵡《おうむ》返《がえ》しにつぶやいていた。その数を聞いただけで、普通の政治集会ではないことがわかる。

「その後は……？」

葦名警部の問いに、伝令がこたえる。

「今現在、大会の最中だと思われます。その後の知らせはまだ届いておりません」

「わかった。何か変化があったら、また知らせてくれ」

伝令は敬礼をしてから走り去った。

久坂が言った。

「こりゃあ、思っていたより状況は逼迫《ひっぱく》しているようですね」

岡崎は言った。

「おまえが言うと、逼迫しているように聞こえないぞ」

「失敬だな、おまえは」

葦名警部が言った。

「とにかく、おまえたちは今のうちに休んでおけ。ここもどうなるかわからない」

「はい」

岡崎はそうこたえたが、とても休んでいる気分ではなかった。久坂は、再び縁側に腰を下ろした。彼は、どんなときも寛《くつろ》ぐことができるようだ。

岡崎はそれがうらやましかった。

それからしばらくすると、赤坂署の巡査二名が庭にやってきた。岡崎と久坂は彼らと交代で巡回に出ることになった。

家の周辺を一回りすると、久坂が言った。

「なんだか、妙なやつらがこっちの様子をうかがっているな……」

彼の言うとおりだった。

塀の陰や生け垣の向こうから、何人かの男たちが、お鯉の家のほうを見ている。人数は多くない。岡崎が確認したのは全部で五人だった。

壮士風のやつから遊び人風のやつまで、風体はいろいろだった。

午後二時半を過ぎた頃《ころ》から、その人数が一気に倍くらいに増えた。

誰かが声を上げた。

「こら、お鯉。出てこい」

それを合図に、次々と声が上がる。

「我々が天誅《てんちゅう》を下す」

「桂とともに、血祭りに上げてやる」

声は勇ましいが、屋敷まで迫る者はいない。巡回していた巡査たちは、門の前に集まり、警戒を強めた。

赤坂署の「薩摩っぽ」が言った。

「ここに固まっていてもしょうがなか。我々は裏手を固めるぞ」

それにこたえて、赤坂署の四人が裏手のほうに駆けていった。

警視庁の四人が表に残された。

岩井がいまいましげに言った。

「なんであいつが仕切るんだよ」

久坂が言う。

「けど、彼の言うとおりだ。固まっていてもしょうがない。俺たちも分かれよう」

「いや」

荒木がかぶりを振った。「なんだか人数が増えてきた。こういう場合、ばらばらになると標的にされるぞ。俺たちは固まっていたほうがいい」

岡崎は驚いて言った。

「標的にされる？　俺たちは巡査だぞ。巡査が襲われるはずがない」

「葦名警部の話を聞いていなかったのか？　すでに角袖が襲撃されているんだ。俺たちだって同じ目にあうかもしれない」

荒木が言うとおり、時間を追うごとに周囲の人数が増えていく。そして、人数が増えると、その人の輪がじわじわと縮まってくる。

彼らはお鯉の家に少しずつ近づいてきているのだ。罵声《ばせい》も徐々に激しさを増しているようだ。

「下がれ」

久坂がいきなり大声を上げた。「下がらんと、捕縛するぞ」

その一言は効き目があった。お鯉の家に近づきつつあった人の群れが、逃げるように引いたのだ。

だが、その場を去ったわけではない。距離を取って家を囲んでいる。

岡崎は不安だった。

周囲の人数はどんどん増えていく。やがてそれは群衆となるだろう。そして、彼らは怒りを露《あら》わにしている。

何かのきっかけで、彼らが暴れ出すかもしれない。

荒木が言った。

「国民大会からこちらに流れてきたやつもいるようだな……」

岡崎は家を取り囲んだ人々を見ながらこたえた。

「これからどうするんだ？」

「さあな」

荒木がこたえる。「俺だって、こんなことは初めてだからな」

「俺たちだけじゃ家を守りきれないかもしれない」

「やらなきゃならねえんだよ。増援は望めねえんだ」

岡崎は、はっとした。

各警察署の巡査たちは、もっと重要な施設に動員されているはずだ。政府の機関や大臣たちの公邸。守るべき場所はいくらでもある。

荒木が言うとおり、増援は期待できないのだ。

群衆は、再びじりじりと近づいてくる。岡崎は緊張した。

そのとき、大きな声が聞こえた。

「どけどけ。どかんか。道を開けるんだ」

二台の俥《くるま》が近づいてくる。声は前の俥から聞こえた。幌《ほろ》を上げた俥に乗っているのは、赤坂署の大野警部だった。

その場にいた人々は、何事かと驚いた様子で道を開けた。そこを二台の俥が駆け抜ける。門の前に着くと、まず大野警部が俥を下りた。もう一台の俥から下りてきたのは女性だ。

顔を隠しているが、それがお鯉であることは、岡崎の眼には明らかだ。

群衆の中から声がした。

「おい、あの女は誰だ？」

「お鯉じゃないのか」

それからまた怒号が上がる。

「お鯉、出てこい」

「国民に謝れ」

「桂とともに、天誅だ」

いったい、どうなってるんだ……。

岡崎は思った。

お鯉は首相官邸にいたはずだ。そこにいれば安全なはずだ。よりによって、この状況で家に帰ってくるとは、何を考えているのか。

それからしばらくすると今度は、警察官が乗った二台の俥が近づいてくるのが見えた。

制服からすると、ずいぶんと偉い人たちのようだ。

岡崎たち巡査は、反射的に姿勢を正していた。立派な髭《ひげ》を生やした警察官が、俥を下りると言った。

「赤坂署署長である。お鯉さんにお話がある」

疲れが吹っ飛んだ。岡崎は敬礼すると言った。

「ご案内します。こちらへどうぞ」

一人は家の外に残った。彼は署長のお供なのだろう。

岡崎が玄関から大声で言った。

「赤坂署署長がご到着です」

すぐに大野警部が出てきた。

「あ、署長。どうされました」

「赤坂署の管内には、アメリカ大使館や伊藤博文公の官邸など、重要な施設があり、とても人員が足りない。お鯉さんに、ここを立ち退《の》くように説得に来た」

「署長御自ら……」

「上がるぞ」

「どうぞ、こちらです」

赤坂署署長が靴を脱いで家に上がるまで、岡崎は呆然《ぼうぜん》と立ち尽くしていた。

警察署長は、岡崎のような巡査から見たら雲の上の住人だ。それが自ら説得にやってきたというのだ。

大野警部も驚いていたが、岡崎もおおいに驚いていた。

それだけお鯉が大物だということだし、事態が切迫しているということだろう。

家の奥から葦名警部が出て来て、岡崎に言った。

「外の様子はどうか?」

「二十人から三十人ほど集まっています。あの、質問してよろしいですか?」

「何だ?」

「お鯉さんが戻られたようですが、どういうことになっているのでしょうか」

おまえたちが気にすることではない。

普通の上司なら、そう怒鳴っただろう。だが、葦名警部は滅多に怒鳴ったりはしない。

葦名警部が言った。

「お鯉さんは、家に残した養母《おかあ》さんや女中たちが心配で様子を見に戻られたそうだ」

「そうですか」

「桂首相は止めたらしいが、それを振り切って出てきたという。警護の大野警部は生きた心地がしなかったと言っていた」

「これからどうしますか?」

「ここは危険だから、どこかに避難するようにと説得をしていたところだ。赤坂署署長も同様のことをおっしゃっている」

「それで……？」

「養母さんとその身辺のお世話をしている女中を新宿《しんじゅく》の知り合いのところに避難させることにしたようだ。今、盃《さかずき》を交わしているところだ」

「盃を……？」

「ああ。酒がないので、白ワインをコップに注《つ》いで、養母さんと二人でそれを飲み干した。今生《こんじょう》の別れになるかもしれないということらしいが……」

なんだか、芝居じみているなと、岡崎は思った。そんなことをしている間に、さっさと逃げたほうがいい。

そのとき、外から女性が一人駆け込んできた。表にいる警官たちに阻止されなかったということは、この家の関係者だろう。

岡崎はその女の前に立ち、誰何《すいか》した。

女はこたえた。

「お鯉さんのおかあさんのお世話をしている者です」

「おかあさんは中においでだが……」

「あ、実のおかあさんのことです」

実母がどこかにいるということだ。

その女はすっかり怯《おび》えている様子だ。何か怖い目にあったようだ。

縁側から葦名警部が尋ねた。

「何がありました？」

「お鯉さんを焼き殺してきたと、大声で言いながら通り過ぎる男たちがおりまして。おかあさんが泣きながら様子を見てくるようにと……」

「お鯉さんは無事です。まずは、お顔を見て安心することだ。そして、すぐにおかあさんのところに戻って知らせてあげてください」

女は、ほっとした顔になり、涙を流しはじめた。

「はい、ありがとうございます」

彼女は玄関に回り、家に上がった。

外では、さかんに男たちの怒鳴る声が聞こえている。お鯉さんはさぞかし恐ろしい思いをしているだろう。養母と最期の盃を交わしたくなる気持ちもわからないではない。

そこに、大野警部がやってきた。

「養母さんと付き添いの女中が出発する用意ができましたぞ。他の女中も身内のところに行くように言いましたが……」

葦名警部が尋ねた。

「どうした？」

「おとしというお針女だけが、頑として動こうとしません。お鯉さんと生死を共にするというようなことを言っております」

「仕方がない。まあ、お鯉さんの身の回りの世話をする者も必要だろう」

「それと、植木職人の栄次郎が、おとしが残るなら、俺も残る、と……」

「お鯉さんが避難してくれれば、それで済む話なのだが……」

「とにかく、ここを離れる者たちを無事に送り出すことです」

「倖がここまで来てくれるだろうか」

「何としても来てもらわにゃならんでしょう」

大野警部は溜《た》め息《いき》をついた。「いやはや、首相官邸を出るときも難儀しました。群衆が取り囲み、警官たちが警備を固めている。だから、表から出るわけにはいかず、庭を通って裏口からこっそり出てきたんです」

「警護をつける必要がある」

「赤坂署の者をつけましょう」

「すると、ここが手薄になるな……」

「いたしかたないでしょう。新宿に養母さんたちを送り届けたら、すぐに戻るように言います」

葦名警部がうなずくと、大野警部は奥に戻っていった。

岡崎も持ち場に戻ろうとした。そのとき、葦名警部が言った。

「この家を守ることは重要だ。だが、自分たちの命を守ることも大切だ。みんなにそう伝えておけ」

「はい」

岡崎は緊張した面持ちで駆けだした。

俥が来るたびに騒ぎが起きた。群衆の中に俥の通行を妨害しようとする者がいて、岡崎たち巡査はそれを取り締まろうとした。

気の荒い俥屋は男たちと喧嘩《けんか》を始めようとする。それをなだめて女たちを乗せるように言うのも巡査の役目だ。

お鯉の養母や女中たちを乗せた俥が、出発しようとすると、また群衆が邪魔をする。押し合いへし合いを経て、ようやく俥が家を離れる。

すべての俥が走り去ったときには、岡崎はすっかり疲れ果てていた。

ふと気づくと、なにやらきな臭い。

横一列に並んで門の前を固めている仲間の巡査たちが、ぼんやりと宙を見つめているようだった。

いったい、彼らはどうしたのだ。そう思い、岡崎は彼らの視線の先を見た。そして、彼も三人の仲間と同様に、宙を見つめてしまった。

幾筋もの煙が見えた。

岡崎は言った。

「火事か……」

そういえば、かすかにだが半鐘の音が聞こえる。

久坂がこたえた。

「こりゃあ、火付けだぞ」

岡崎が思わず聞き返す。

「火付け……？」

「暴徒が火を放ったんだ」

「なんでそんなことに……」

荒木が言った。

「国民大会だけじゃ収まらなかったんだろうぜ。集まった民衆が日比谷公園からあふれ出して、あちらこちらで火を付けているんじゃないのか」

「なるほど……。赤坂署の署長がやってくるのがわかるな……。市中はそんなことになっているのか……」

岡崎が言うと、荒木が顔をしかめた。

「本当にそうなっているかどうかは、知らねえよ。けど、あの煙を見ると、そうとしか思えねえ」

「そんなことより……」

岩井が言った。「ここに集まっている連中があの煙を見て、自分たちも同様のことをやろうなどと考えたら、どうするつもりだ」

荒木がこたえる。

「ふん、どうするも何も……。取り締まるだけだ」

「やれるのか？」

「やれるかどうかじゃねえよ。やらなきゃならねえ。それが警視庁じゃねえか」

勇ましい言葉だが、荒木も岩井同様に怯えているのは確かだ。岡崎もそうだった。巡査になって以来、こんなに恐ろしい思いをしたことはなかった。

ふとそのとき、群衆の中に西小路がいるのに気づいた。西小路は、まったく緊張感のない顔をしていた。

岡崎が荒木に言った。

「西小路がいる」

「なんだと……」

荒木は岡崎が顎《あご》で指し示した方向を見た。「あの野郎……。あんなところで何をしてやがる」

「俺たちに何か知らせたいのかもしれない」

「いやあ……」

久坂の間延《まの》びした声。「あいつのことだから、ただの野次馬根性で見物に来ただけじゃないのか？」

荒木が言う。

「何か知らせたいのだとしても、あいつを招き入れることなどできねえぞ。周囲の連中が黙っちゃいねえだろう」

岡崎は考え込んだ。

「そりゃそうだが……」

ここに張《は》り付けられている自分たちとは違い、西小路なら市中の様子を詳しく知っているのではないかと、岡崎は思った。

だが、たしかに荒木の言うとおりだ。今、彼を家に招き入れるわけにはいかない。それだけで群衆を刺激することになる。

そうこうしているうちに、煙の数が増え、なおかつ濃さが増しているように感じられた。気のせいかもしれない。不安なのでそう思ってしまうのだ。

そのとき、赤坂署の署長が随伴の者といっしょに門から出て来た。

周囲の怒号が高まる。

署長はそれを一切無視するように、俥に乗り込んだ。二台の俥が群衆をかき分けるようにして出ていく。ちょっとした騒ぎだ。

「今だ」

岡崎はそう言って、西小路に向かって手招きをした。

8

赤坂署の署長を乗せた俥が出ていくどさくさにまぎれて、西小路が門に駆け寄った。

岡崎は言った。

「中に入れ」

「いいのかい？」

「いいから、早く」

西小路を押し込めるように、岡崎も門の中に入った。そのまま庭の縁側に連れて行く。

そこには誰もいなかった。

おそらく奥で話し合いをしているのだろう。

岡崎は縁側から声をかけた。

「葦名警部。西小路が来ています」

西小路が顔をしかめた。

「おい、呼び捨てか。西小路さんとか、せめて西小路君とか言えないのか」

岡崎は取り合わなかった。

しばらくすると、葦名警部が出てきた。

「西小路か……。よくあの群衆を突破できたな」

「彼は市中の様子を知っているはずです」

岡崎のその言葉を受けて、葦名警部が西小路に尋ねる。

「他の地域はどうなっておるのか」

「いやあ、上を下への大騒ぎですね」

西小路の言葉には、相変わらず緊張感がない。岡崎はそう思って聞いていた。

「日比谷公園の国民大会は三十分ほどで終わったんですが、群衆はそれじゃ収まらない。二時から、新富座《しんとみざ》で演説会があるというので、日比谷公園を出てそちらに向かった人々がいました。そこがまた大騒ぎ。警察官が『解散しろ』などと言うので、それが火に油を注ぎましたね。捕縛された者も多くいるようです」

「他には……？」

「日比谷公園を出て、『国民新聞《こくみんしんぶん》』に向かった連中もいました。ここでまた大騒ぎ。『国民新聞』は政府の御用新聞なんて言われてますからね。群衆が投石をして、新聞社の窓ガラスがすべて割られ、大切な紙やら何やらがことごとく道に打ち捨てられる始末です。さらに、日比谷公園正門前にある内務大臣官邸でもひどいありさまになりました」

「襲撃されたのか？」

「こちらは、一般市民に大きな被害が出ました」

「どういうことだ？」

「警察官が抜刀したんですよ」

この言葉に、岡崎は仰天した。まさか、警察官が一般市民に対して剣を抜くなどあり得ない……。

葦名警部も同様のことを思ったのだろう。しばらく絶句していた。

やがて、葦名警部が言った。

「抜刀……。それは間違いないのか？」

「麹町署の向田幸蔵《むかいだこうぞう》署長が、抜刀命令を下したのだそうです」

「何ということだ……」

「警察官の抜刀は、群衆の怒りを募《つの》らせる結果になりました。群衆は投石などで激しく抵抗。その後、壮士たちが丸太を持ってきてレンガ塀を突き崩し、官邸に火を放ちました。今も内務大臣官邸は燃えているはずです」

今見えている煙の一つがそれなのだと、岡崎は思った。

「しかし……」

西小路がさらに言う。「ここも、そう長くは持ちませんね。お鯉さんはまだご在宅なんですか？」

葦名警部が言った。

「そういう質問にはこたえられない」

「僕らは味方ですよ」

「敵とか味方とかの問題じゃない。保安上の配慮だ。警備とはそういうものだ」

「手が足りないんでしょう？　僕らを使ってくださいよ。すぐ近くに、藤田老人や城戸子爵令嬢もおいでなんですよ」

普段あまり表情を変えない葦名警部が、驚いた顔になって言った。

「藤田さんはともかく、喜子さんがこんな物騒なところにいてはいけない」

「今、市内はどこもかしこも物騒ですよ」

「そんなはずはない。騒ぎは日比谷公園に端を発している。城戸子爵邸のある麹町一番《いちばん》町《ちょう》のあたりは危険はないはずだ」

「たしかに現時点ではおっしゃるとおりです。でも今後、騒ぎがどこに広がっていくかわかりませんよ」

葦名警部が考え込んだ。

二人の会話が途切れたので、岡崎は西小路に尋ねた。

「それで、藤田さんと喜子さんは何をされているんだ？」

「藤田さんは、群衆の動きを見守っている。おそらく今後どう動くか読んでおいでなのだろう。城戸子爵令嬢は、藤田さんの補佐だね。お帰りいただこうにも、藤田さんのそばから動こうとしない」

「ご両親は、さぞ心配なさっているだろうに……」

「お嬢さんは学校にいらっしゃることになっている」

「学校に……？」

「学生たちが下校しようという矢先に、騒ぎが起きた。へたに移動するのは危険と判断して、生徒を学校に留め置いている」

「喜子さんは学校を抜けだしたというのか？」

「藤田さんについてきてしまったんだな。二人の間でどういうやり取りがあったのかは知らない。知りたくもない。面倒臭い」

喜子は言いだしたらきかない。そして、藤田は何かの目算があって、彼女を同行させてもいいという判断を下したのだろう。

葦名警部が西小路に尋ねた。

「藤田さんは、群衆の動きを読んでいると言ったな？　どうなると読んでおられるのだ？」

「こんなもんじゃ収まらない。騒ぎはもっと大きくなるだろう。そうおっしゃっているよ。ただね……」

「ただ……」

「それほど長くは続かないだろうともおっしゃっていた」

「長くは続かない」

「そう。長くて三日。早ければ二日で終結するだろうと……」

「二日で終結……」

「内務大臣官邸で、警官が抜刀したのは余計だったと、藤田さんはおっしゃった」

「それはどういう意味だ？」

「さあね。それがなければ、もっと早く収まっただろうということかな」

岡崎は藤田の言葉を訝しく思っていた。

藤田老人は、斎藤一という名前で、瓦解《がかい》前の京都で長州《ちょうしゅう》の過激分子らと命がけで戦った。さらに、鳥羽《とば》・伏見《ふしみ》の戦いに端を発した一連の戦いに参加。瓦解後に西南《せいなん》の役《えき》でも警視隊として戦っている。

つまり彼は、戦いを知り尽くしているのだ。彼の眼に狂いはないだろう。だが、その言葉は矛盾しているように感じられる。

これから騒ぎはどんどん拡大していくと言いながら、それがたった二日ないし三日で終結するというのだ。

いったい何を根拠にそう言っているのだろう。それが知りたかった。

「さて、僕は失礼しますよ」

西小路のその言葉に対して、葦名警部が言った。

「待つんだ。今出ていっては危険だ」

「ここにいて、とばっちりを食うのはご免ですよ」

「じきに暗くなる。それまで待つんだ」

「夜陰に乗じて、家を出ろと……？」

「そういうことだ。今のこのこと家を出て行くと、外の連中にあれこれ詰問されることになるぞ」

西小路はちょっと考えてから言った。

「それもそうですねえ。じゃあ、ちょっと上がらせてもらいましょうか」

「それは許可できない。この庭にいるんだ」

「何ですか、その扱いは」

「西小路伯爵のお孫さんだから、気を使っているんだ。ただの私立探偵なら、すでに放《ほう》り出している」

西小路は苦笑を浮かべた。

岡崎は葦名警部に尋ねた。

「今、西小路から聞いた話を、外の巡査たちに伝えていいでしょうか？　彼らも市内の様子がわからず不安に思っていますので……」

葦名警部は無言でうなずいた。

「では……」

岡崎は庭を去り、門の外に出た。

相変わらず、群衆の中には声を上げる者がいた。お鯉や桂首相を口汚く罵《ののし》る者もいれば、天下国家のためと偉そうなことを言う者もいる。

だが今のところ、投石をしたり、攻め込んできたりといった様子はない。

岡崎は、三人の仲間に、今しがた西小路から聞いた市内の様子を伝えた。話を聞き終えると、荒木が言った。

「なんだと、警察官が一般人に斬《き》りつけたというのか」

岡崎はこたえた。

「麹町署の署長が抜刀を命じたのだということだ」

「そいつは警視庁の歴史に残る汚点だな」

「そうか？」

岩井が言った。「薩長《さつちょう》が牛耳《ぎゅうじ》っている警視庁だぞ。やりそうなことだ」

岩井のこういう物言いには、みんなすっかり慣れっこなので、あえて取り合う者もいない。

「ええと……」

久坂が言った。「つまり、日比谷公園を出た群衆は、三方に分かれたということだな。新富座の演説会に向かった者たち、『国民新聞』に向かった者たち、そして内務大臣官邸に向かった者たち……」

岡崎はうなずいた。

「おおざっぱに言うと、そういうことになる」

「じゃあ、ここに来ている連中は何なんだ？」

荒木が言う。

「付和雷同《ふわらいどう》組だろう。騒ぎに乗っかって、手近なところで何かやってやろうというやつが必ずいるもんだ」

「藤田さんと喜子さんが、この近くにいるんだな」

岩井がそう言って、群衆のほうを見た。岡崎もそちらを見たが、藤田と喜子の姿は見当たらない。

藤田は当然のことながら用心をして、人目につかないところから様子をうかがっているに違いない。

久坂が言った。

「その藤田さんの読みは、正しいんだろうなあ……」

岩井が久坂を見て言う。

「百戦錬磨《れんま》だぞ。読み違うはずがない」

岡崎は言った。

「これからさらに騒ぎは広まっていくだろうと、藤田さんはおっしゃっている。ならば、何日も続きそうなものだが、早ければ二日で終結するだろうともおっしゃっている。これは矛盾するように、俺には思えるのだが……」

岩井が岡崎に言う。

「矛盾？　何が矛盾だ？」

「そんなに早く、こんな騒ぎが終結すると思うか？」

「こと戦いに関して、藤田さんが間違えるはずがない」

「ならば、その根拠は何なのだろう」

久坂が言う。

「そいつは謎《なぞ》だよなあ。西小路はそれについて、何か言ってなかったのか?」

「あいつは、そういうところはいい加減だよ」

「謎と言えば……」

久坂がさらに言う。「赤坂署もお手上げだと言っているこの家に、俺たちを縛りつけている鳥居部長の真意は謎だよな」

荒木が言う。

「お鯉さんと心中しろってことじゃねえの?」

もちろん、これは荒木らしい皮肉な冗談だ。その冗談を真に受けた様子で岩井が言った。

「いや、我々は信頼されているということだろう。鳥居部長は、我々ならここを守れると信じてくれているんだ」

それから三十分ほどした頃、大野警部が残っていた赤坂署の巡査を連れて、家を離れていった。ついに、お鯉の家を守るのは、葦名班だけとなったわけだ。

きわめて不利な状況となった。だが、岡崎は先ほどよりも腹が据わっている自分に気づいた。

近くに、藤田老人がいてくれる。そう思うだけで、ずいぶんと心強く感じていた。

赤坂署の巡査たちが引きあげてからしばらくして、葦名警部が門の外に出てきて言った。

「私を含めて五人しかいなくなった。総動員でいくしかない」

つまり、葦名警部も警備の現場に加わるということだ。さらに警部の言葉が続く。

「家の中は、植木職人の栄次郎と西小路が守ってくれている」

岡崎は尋ねた。

「夜陰に乗じてここから逃げるんじゃなかったのですか？」

「気が変わったらしい」

荒木が言った。

「西小路が……？　あんなの役に立つんですか？」

「家に残っている女性は、お鯉さんとおとしさんの二人。栄次郎もいてくれるので、何とかなるだろう」

「ふん。足手まといにならなければいいですがね……」

葦名警部が指示した。

「岩井と久坂は、裏に回ってくれ。表は岡崎、荒木、そして私の三人で固める」

岩井と久坂はすぐに駆けて行った。

午後五時半頃のことだ。群衆の中から大声が聞こえた。

「おい、軍隊が出動したぞ。軍隊だ」

驚いたような声がそれに呼応する。

「軍隊だと？　ここに来るのか？」

「いや、内務大臣官邸だ」

それを聞いた葦名警部が言った。

「警察官が抜刀した現場だな。ついに軍隊が出たか……」

荒木が言った。

「軍隊の力を借りなきゃならなかったってのは、ちょいと悔しいですが、これで鎮圧できますね」

「内務大臣官邸は、な……」

「……とおっしゃいますと……？」

「騒ぎというのは、一ヵ所を抑えると、その勢いがよそに飛び出すものだ。いよいよここも危ない」

その言葉に、岡崎の緊張は高まった。

荒木が葦名警部に尋ねた。

「お鯉さんはどんな様子なんです？」

「新しい小紋《こもん》の晴れ着に着替えた。そして、桂首相にいただいたという短刀を帯に差し、お経を上げている」

「お経を……？　新しい小紋は死に装束《しょうぞく》のつもりでしょうか」

「どうだろうな。その小紋には花菱《はなびし》の家紋が入っていたが、それは桂家の家紋だそうだ」

やはり、やることが芝居じみていると、岡崎は思った。だが、それを滑稽《こっけい》だと思ってはいけないだろう。

お鯉さんは覚悟を決めようとしているのだ。そのためには、自分なりの儀式というかけじめが必要なのだ。それが少々芝居じみていたとしても仕方がない。

日が暮れると、群衆の怒号がひどくなった。闇《やみ》にまぎれると人々の気も大きくなるのだろう。中には酒気を帯びている者もいるようだ。彼らはおそらく野次馬に過ぎない。

だが、野次馬といえどもあなどるわけにはいかない。むしろ酔漢は、群衆が暴徒と化すきっかけになりかねないと、岡崎は思った。

「お鯉を殺せ」

人々はそう口々に喚《わめ》きはじめた。野次の内容が直截的《ちょくせつてき》になった。

葦名警部が言った。

「注意しろ。そろそろ来るぞ……」

「え……」

岡崎が思わず葦名警部の顔を見たとき、群衆の中から一人の男が飛び出してきた。手に棒きれを持っている。

それを視界に入れたとたん、岡崎の体が反射的に動いた。男を取り押さえようと立ちはだかる。

男が棒を振り上げた。岡崎はその棒が振り下ろされる前に相手に組み付き、地面に投げ出した。習っている講道館《こうどうかん》柔道が役に立った。

だが、それでは終わらなかった。いや、それが事の始まりだ。

群衆の中から次々と男たちが向かってきた。岡崎は立ち上がり、次の暴徒につかみかかる。葦名警部と荒木も、何とか男たちを押し止《とど》めようとしている。

「やめろ。よさんか。下がれ」

岡崎は叫びながら、男たちを押し戻そうとする。

しかし、たった三人の警察官はその場ではあまりに無力だった。相手は、すでにただの群衆ではなく、暴徒だった。

岡崎はあちらこちらを殴られ、ひるんだ。

裏にいる久坂と岩井はどうしているだろう。久坂は巨漢で、なおかつ天神真楊流《てんじんしんようりゆう》柔術の名手だから頼もしいが、暴徒と化した群衆が相手ではどうだろう。

岩井は溝口派一刀流《みぞぐちはいつとうりゆう》の使い手だ。まさか、サーベルを抜いてはいないだろうな……。

どのくらいの時間応戦しただろう。岡崎はすっかり息が上がっていた。戦いというのは、おそろしく体力を消耗するものだ。

遠くから警笛の音が聞こえた。騒ぎを聞きつけ、赤坂署の応援がやってきたのだろう。

だが、時すでに遅しだ。暴徒の一部が門にたどり着き、庭に侵入していた。さらに中に入った暴徒が塀を蹴《け》り倒し、そこから一気に群衆が家になだれ込んだ。

「自分の身を守れ」

そう言う葦名警部の声を聞きながら、岡崎はただ人の流れに揉《も》まれていた。

9

屋敷に侵入しようとする群衆を、門の外で押し止めようと踏ん張ったが、岡崎も荒木もただ、もみくちゃにされているようなありさまだった。

そこに、赤坂署の警察官たちがようやく到着した。彼らは制圧にかかろうとしたが、いかんせん、群衆の人数と勢いのほうがはるかに勝っている。

邸宅周辺の混乱に拍車がかかった。

葦名警部の声が聞こえた。

「中に入って、お鯉さんたちを守るんだ」

「はい」

岡崎と荒木は、後退して家の中に入った。靴のまま家に上がる。すぐに葦名警部もやってきた。茶の間には誰の姿もなかった。

みんな奥の部屋に固まっているのだろう。廊下を進んでいくと、西小路が出てきた。

「ああ、びっくりした。暴徒が侵入したのかと思った」

葦名警部がそれにこたえる。

「じきにそうなる。お鯉さんはどこだ?」

「奥の部屋においでです」

「おとしさんと、栄次郎さんもいっしょか?」

「はい」

「よし、行こう」

怒号や物を叩《たた》く音はますますひどくなってきている。

奥の間のお鯉は、真新しい小紋を着て背筋を伸ばし、正座をしていた。そのお鯉に対して、栄次郎が何かを訴えている様子だ。その様子を、おとしが悲愴《ひそう》な表情で見つめている。

葦名警部ら、四人が入っていくと、三人は、はっとした様子で視線を向けてきた。

葦名警部が尋ねた。

「どうしました?」

栄次郎がこたえた。

「お鯉さんが、自害するおつもりなんじゃないかと思いまして……」

お鯉が言った。

「そんなつもりはありませんよ」

栄次郎が言う。

「しかし、身だしなみを整えられて、短刀なんぞをお持ちだ。それで、お経を唱えてらっしゃるし……」

「自ら命を絶とうなんて思いません。しかし、事ここに至っては、もう生き延びることはできないでしょう」

「そんなことは……」

栄次郎が何か言いかけるのを、お鯉はきっぱりとかぶりを振って制した。

「暴徒は、首相と私を血祭りに上げないと収まらないようです。首相に万が一があってはなりません。ならば、この私の命を差し出すしかないでしょう。でないと、暴動は収まりません」

それを聞いて岡崎は、ごくりと喉《のど》を鳴らした。

お鯉のやることがいちいち芝居じみていると思っていた。だが、今その覚悟を聞くと、決して大げさなわけではないのだと思い直した。

人が死を覚悟するというのは、こういうことなのか。岡崎は、感じ入っていた。

お鯉がさらに言った。

「私一人が死ねば済むことです。だから、栄次郎さんとおとしはお逃げなさい」

栄次郎が首を横に振る。

「いや、俺はここを離れるつもりはありません」

おとしが言う。

「私もです。どうかお側《そば》にいさせてください」

「それはいけません」

お鯉が警察官たちに言った。「さあ、早くこの人たちをどこかへ避難させてください」

そのとき、表のほうでばりばりという音が聞こえた。

栄次郎が言った。

「縁側のほうですね。庭に人が入ったのかもしれない」

葦名警部は即座に岡崎と荒木に言った。

「行け。ここに来させるな」

岡崎はすぐに縁側のほうに向かった。荒木がついてくる。

三人の男たちが、縁側から上がろうとしていた。岡崎は両手を広げて大声を上げた。

「下がれ。屋敷から出るんだ」

男たちはかまわずに侵入してくる。岡崎は実力行使に出た。先頭の男を両手で突き飛ばした。

その男は庭に転げ落ちて、仰向《あおむ》けになった。

二人目の男も同様に突き飛ばそうとすると、腕にしがみつかれた。それを無理やり蹴り放した。その男も庭に転がった。

荒木が三人目の男に体当たりをした。その男も庭に吹っ飛ぶ。

だが、岡崎たちの優勢もそこまでだった。庭へ暴徒が次々に侵入してくる。さらに、玄関からも侵入者がある。

門の外ではさらに、わあわあとやり合っている声が聞こえる。赤坂署の巡査が戦っているのだ。

岡崎は、なんとか暴徒を奥に進ませまいと奮闘した。暴徒の着物をつかんでは引き倒し、あるいは柔道の技で投げた。

岡崎は制服姿で、サーベルも下げているが、荒木は着流しで丸腰だ。制服でないと暴徒に対する抑止効果はないと、岡崎は思った。

だが、荒木は抑止効果以上の働きをした。群衆の中に紛れることができるのだ。暴徒のほうも、着流しの男が敵だとは思わない。暴徒の中に紛れて、思わぬところから制圧にかかるのだ。

とはいえ、二人の奮闘も長くは続かなかった。なにしろ、多勢に無勢だ。次々と侵入してくる男たちを押し止めることはとても無理だと、岡崎は思った。

このままだと、自分の命も危ない。

葦名警部は、自分の命を守れと言った。だが、今ここから逃げ出すことなどできない。

暴徒の一人が岡崎につかみかかってきた。それを引き離すこともできない。すでに岡崎は息が上がってしまっている。絶望的な気分だった。

ああ、俺はここで死ぬのかもしれない。

そう思ったとき、不意に相手の力が抜けたのを感じた。岡崎にしがみついていた男が、ずるずると床に崩れ落ちていく。

何が起きたのだろう。

岡崎は顔を上げた。崩れ落ちた男の向こう側に、着流しの姿が見えた。短く刈った髪は白髪だ。

岡崎は呆《ほう》けたようにつぶやいた。

「藤田さん……」

藤田五郎は、手にした四尺ほどの杖《つえ》を無造作に右側に突き出した。その先には暴徒がいた。その一撃で、暴徒は床に沈んだ。

さらに左に突き出す。

荒木につかみかかっていた男が、またしても一撃で倒れた。

荒木もぽかんとした顔で藤田を見ていた。

「こういうときは、ばらばらにならずに、奥へ引いて固まるものです」

藤田が言った。この騒動の中で、不思議なくらいに落ち着いた声音だった。その一言で、岡崎は我を取り戻した。

「荒木。奥へ向かうぞ」

「おう」と荒木がこたえる。

つかみかかり、あるいは殴りかかってくる暴徒をなんとか振り払いつつ、岡崎と荒木は再び奥の間に向かった。

葦名警部は、藤田五郎の顔を見ても、それほど驚いた様子を見せなかった。

「助太刀、痛み入ります」

葦名警部の藤田に対するその一言が、本気か冗談か、岡崎にはわからなかった。

「余計なことかもしれませんが、年寄りも何かの役に立つかもしれんと思いまして……」

岡崎は尋ねた。

「お鯉さんたちは……？」

岡崎、荒木、そして藤田の三人が奥の間にやってきたとき、すでにお鯉たちの姿はなかった。

葦名警部が言った。

「裏庭に逃げた」

「裏庭ですか？　その向こうは崖《がけ》になっていたはずですが……」

「栄次郎さんが縄ばしごを用意した。それでその崖の下に逃げたようだ」

荒木が言った。

「ここにも、じきに暴徒たちがやってきますよ。どうします？」

葦名警部が言った。

「ここから逃げ出すわけにはいかない。お鯉さんの屋敷を守れという、鳥居部長の命令だ」

荒木がうなずいた。

「そうですね。じゃあ、覚悟を決めてここで討ち死にしますか……」

それに対して、藤田が言った。

「こんなことで死にはしません」

「え……?」

荒木が聞き返した。「死にはしない……?」

藤田がうなずく。

「生き死にのかかった戦いというのは、こんなものではありません」

岡崎は、その言葉に計り知れない重みを感じた。

暴徒が奥の間まで入り込むことを想定して、四人は固まっていた。

何人ものわめき声や、物を打ち壊す音が聞こえていた。岡崎は緊張していた。死ぬことはないと、藤田は言ったが、それでも恐ろしいことには変わりはない。

来るなら早く来い。

岡崎はそんな気分だった。恐ろしい思いをしながら、今か今かと待っているのが辛《つら》いのだ。それなら、いっそ早く来てほしいと思う。

やがて、急に静かになった。

どうしたのだろう。岡崎は、荒木と顔を見合わせていた。

藤田が言った。

「どうやら、収まったようです」

「え……?」

岡崎は聞き返した。「収まった……？」

「そう。群衆は引きあげました」

その言葉を、すぐには信じることができなかった。

葦名警部が言った。

「藤田さんがおっしゃるとおりのようですね」

その言葉に、岡崎はようやく体の力を抜いた。

「しかし……」

荒木が言った。「突然、静かになりましたね。もっと、何というか波が引くように、徐々に鎮まっていくものと思っていましたが……」

岡崎は言った。

「俺もそう感じた。本当に暴徒たちが引きあげたのかどうか、疑わしかった」

それに対して藤田が言った。

「戦いの終わりというのは、こういうものです」

なるほど、藤田がそう言うのなら間違いはないだろう。

葦名警部が言った。

「裏口にいた久坂と岩井の様子を見てくるんだ」

「はい」

岡崎と荒木はすぐに奥の間を出て、裏口に向かった。裏口は台所にある。

まだ暴徒が残っているのではないかと思い、岡崎は恐る恐る外に出た。外もすっかり静かになっていた。

後から出てきた荒木が言った。

「二人はどこだ？」

「裏庭のほうじゃないのか？」

すっかり日が暮れて、裏庭は闇に包まれている。

「しょうがねえな。行ってみるか」

荒木がそう言ったとき、その裏庭の暗闇から声がした。

「ん？　その声は荒木か？」

のんびりした久坂の声が聞こえた。

闇の中で、二つの人影が動いている。荒木が尋ねた。

「久坂に岩井か？」

「ああ、そうだ」

二人が近づいてきた。家から明かりが洩れており、それで二人の顔が見えた。

岡崎は言った。

「二人とも無事だったか」

久坂がこたえた。

「ああ。お鯉さんたちが裏庭に出てきたのでびっくりしたぞ」

「それで、お鯉さんたちは……？」

「崖の下が畑になっていてな。そっちに逃げたが、無事だと思う。おまえたちも、全員無事か？」

「葦名警部は無事だ。俺たちは危ないところだったが、藤田さんが加勢してくれて助かった」

　岩井が反応した。

「藤田さんが？　今どこにいらっしゃる？」

「奥の間で、葦名警部といっしょだ」

「それで、中の様子は？」

「外と同じだ。暴徒は引きあげた」

　その岡崎の言葉を聞くと、岩井はすぐに裏口に向かった。奥の間に行くつもりだろう。岡崎たち三人は、そのあとを追った。

　岩井と久坂の顔を見ると、葦名警部は一言、「無事だったか」と言った。

　久坂がこたえた。

「警部もご無事で何よりです」

　岩井は、葦名警部の隣にいる藤田に言った。

「ご助勢くださったのですね」

　藤田はこたえた。

「警視庁の後輩たちが、苦戦している様子でしたので……」

「城戸子爵のご令嬢がごいっしょだと聞いておりましたが……」

「お嬢さんは、安全なところにおります」

「そう言えば……」

荒木が言った。「西小路が、お鯉さんに付いていたはずなんだが、彼はどこだ？」

葦名警部がこたえた。

「お鯉さんたちが裏口から逃げたときには、ここにいたはずだが……」

「まさか……」

荒木が言う。「暴徒たちにやられたんじゃないでしょうね」

葦名警部が命じた。

「屋敷内を見てきてくれ」

四人の巡査は奥の間を出て、まず縁側のほうに向かった。引き戸が壊されていた。また、廊下に飾ってあった、壺《つぼ》が割られていた。

それらの破片が散乱している。靴をはいていなければ、足の裏を怪我《けが》してしまうだろう。障子《しょうじ》も破れている。

「やれやれ……」

荒木が言った。「こいつを元通りにするのはたいへんだな……」

「ふん」

岩井が言う。「どうせ、桂が金を出すんだ」

久坂が溜《た》め息《いき》をついた。

「お鯉さんは、とんだ災難だったなあ……」

岡崎は言った。

「居間のほうに行ってみよう」

荒れ放題の廊下を進み、居間にやってきた。そこに、西小路がいた。彼は、岡崎たちに背を向けて立っていた。

岡崎は言った。

「なんだ、ここにいたのか」

声をかけても、西小路は動かない。無言で立ち尽くしている。

「どうした？　怪我でもしたのか？」

西小路は、振り向いて言った。

「死体だよ」

「何だと……」

岡崎は居間に足を踏み入れ、西小路の向こう側を見た。床に誰かが倒れている。

他の巡査たちも近づいてきた。荒木が、西小路や岡崎たちを押しのけるように前に出て、倒れている男の脇《わき》にしゃがみ込んだ。

「刺し傷のようだな」

男の首に触れて脈を取ると、さらに言った。「西小路が言うとおり、死んでいる」

荒木は西小路のほうを見て言った。

「あんたが殺したのか？」

西小路はかぶりを振った。

「まさか……。暴徒たちが引きあげた後、発見したんだよ」

「遺体を動かしたりしてねえだろうな？」

「してないよ。僕は探偵だよ。事件現場の心得くらい承知している」

「とにかく……」

岩井が言った。「葦名警部に知らせてくる」

岡崎は改めて死体を見た。うつぶせに倒れている。着流しに羽織。壮士風の恰好《かっこう》だ。荒木が「刺し傷」と言ったとおり、おびただしく出血しており、大きな血だまりができている。

その血だまりはまだ、じわじわと広がりつつあるようだから、殺害されてからまだ間がないようだ。荒木が立ち上がり、西小路に尋ねる。

「何か見なかったのか？」

西小路が聞き返す。

「何かって、何だよ」

「誰が刺したか、とか……」

「知らないね。僕は、遺体を発見しただけだ」

そこに、岩井が葦名警部と藤田を連れて戻ってきた。

葦名警部が言った。

「状況を報告しろ」

荒木がこたえた。

「西小路が遺体を発見したと言うのです。まあ、ご覧のとおりです。血だまりの出来具合から、ホトケさんは、ここで刺されたようですね」

「身元は？」

「まだ、遺体を動かしていません。報告が先だと思いましたので……」

さすがに角袖だと、岡崎は思った。刑事だけあって、荒木は殺人現場に慣れている。

葦名警部が西小路に尋ねた。

「お鯉さんを守るのが君の役目だったはずだ。なのに、君の姿が見えなかった。どこで何をしていたんだ？」

「逃げ道を探していたんですよ」

「一人で逃げようとしていた、ということか？」

「そうじゃないです。お鯉さんたちといっしょに逃げ出せる方法はないか、あれこれ考えていたんですよ」

「お鯉さんたちは、裏口から逃げた」

「あ、裏口から……」

「そこから裏庭に出て、その先の崖を下った」

「はあ……。そんな手がありましたか……」

「それで、逃げ道を探していた君は、どこで何をしていたんだ？」

「家に群衆が侵入してきたでしょう。僕は何より身の安全を確保しなければならないと思い、縁の下にもぐりこんだ」

「縁の下に……？」

「そして、そこでじっとしていた。静かになったので、縁側から家に上がったんだ。お鯉さんたちが心配だったので、奥の間に行こうとしてここを通りかかったら、人が倒れているのが見えた」

葦名警部と荒木は、西小路の話をじっと聞いていた。彼らはすでに殺人事件の捜査を始めているのだ。

10

西小路が話し終えると、葦名警部が言った。

「荒木。二人で検分だ」

「はい」

「まず、遺体を仰向けにしよう」

四人の巡査がそれを行った。岡崎は遺体の顔を見た。光を失った眼が自分のほうを向いている。三十代半ばだろうか。

着物の胸から腹にかけて血に染まっている。そのあたりを刺されているようだ。葦名警部が着物を開いて傷を探した。

「ほう……」

藤田が言った。「一刺しですね」

その言葉どおり、傷は一つしか見当たらなかった。

「鳩尾《みぞおち》を一突きですね」

そう言ったのは、岩井だった。「刃先は心臓に達しているでしょう」

岡崎は聞き返した。

「腹を刺したのに、心臓に……？」

岩井がこたえる。

「そう。心臓を突くには胸を狙《ねら》ってもだめだ。骨に囲まれているからね。心臓を突こうと思ったら、鳩尾を狙うのが一番なんだ。巡査のくせに、そんなことも知らないのか？」

そう言えば、そんな話を聞いたこともあったな、と岡崎は思った。

岩井に対して、藤田が言った。

「お見立ての通りですね。傷は心の臓に達しているでしょう。即死のはずです」

岩井は、たちまち顔を紅潮させた。藤田に認められたことがうれしいのだ。

荒木が言う。

「鳩尾から心臓を一突き……。こいつは、素人の仕業じゃねえな……」

葦名警部が言った。

「いかにもそのように見える。だが、そう決めつけるのは早い」

「はい。調べを進めます」

「凶器を探してくれ」

葦名警部の指示で、巡査たちは一斉に部屋の中を探索しはじめた。居間の中からは見つからず、岡崎たちは、縁側から庭に下りて、さらに探しつづけた。

荒木が言った。

「明かりがないことには、どうしようもないな……」

岡崎は言った。

「赤坂署からカンテラか何かを借りてくるか……」

「そうだな。所轄の赤坂署に知らせる必要もある」

岡崎はそれを伝えるために、葦名警部の元に行った。話を聞いた葦名警部が言った。

「電話はまだ通じているか?」

電話は、荒れ放題の居間の壁にあった。受話器が外れて、ぶら下がっている。

岡崎は受話器を耳に当てた。架台を何度か叩くと、ツーッという音が聞こえた。

「通じているようです」

「では、私が電話で赤坂署に連絡しておく。だが……」

「だが、何ですか?」

「東京市内がこのありさまでは、赤坂署もどの程度対応できるか……」

「はあ……」

葦名警部は、気を取り直したように言った。

「凶器はまだ見つからないのだな?」

「はい。明かりがなくて難儀しております」

「では、明るくなってから、改めて捜索しよう。みんなを呼び集めてくれ」

「はい」

岡崎は庭に向かった。

午後七時五十分頃、赤坂署から署員三名が到着した。その中の一人は大野警部だった。あとの二人は角袖の刑事だ。

大野警部が言った。

「死人が出たというのは、本当ですか？」

葦名警部がこたえた。

「遺体は居間にあります」

「では、見せてもらいましょう」

大野警部が靴をはいたまま居間に向かった。刑事たちも草履《ぞうり》のまま家に上がった。

遺体を一目見て、大野警部が言った。

「壮士風ですね。何者でしょう」

葦名警部が言う。

「身元のわかるものは身につけていませんでした」

「身元不明というわけですね」

刑事たちも、遺体の脇に膝《ひざ》をついて仔細《しさい》に眺めている。

その一人が言った。

「刃物ですね。傷から見て、包丁などではなく、短刀の類《たぐい》ですね」

もう一人の刑事が言った。

「市内のあちらこちらで暴動が起きていて、怪我人や死人が出ています。このホトケさんもその一人ということになりますね」

大野警部がそれにこたえた。

「暴動の被害者というわけだな。署にはそう報告しておこう」

つまり、この遺体は、暴動による死傷者の一人という扱いになるわけだ。その場合、殺害に至る詳しい経緯や、犯行の動機などは問われないことになる。

それでいいのだろうかと岡崎が思ったとき、葦名警部が言った。

「騒動が原因で死亡したとは思えないのですが……」

大野警部が驚いた顔を葦名警部に向けた。

「え、それはどういうことですか？」

「この家を取り囲んでいた連中は、多くは野次馬です。乗り込んできたやつらも、本気でお鯉さんを殺害するつもりなどなかったはずです。せいぜい、家を壊すことで気を晴らすような連中です。殺傷沙汰《ざた》が起きるとは思えません」

そう言えば、藤田も「生き死にのかかった戦いというのは、こんなものではない」と言っていた。

岡崎も、葦名警部の意見に賛成だった。

騒ぎが始まった当初は恐ろしかった。まさに生きた心地がしなかった。だが、こうして騒動が終わってみれば、藤田が言うとおり、生き死にのかかった戦いなどではなかったということがわかる。

実際に、そういう戦いとなれば、今頃屋敷の中には、いくつもの屍《しかばね》が転がっていたはずだ。

死体は一つだ。刺されているのだから、不幸な事故とも思えない。

大野警部が、「うーん」とうなってから言った。

「市内がこういう騒ぎだ。死人が出ても不思議はないだろう」

葦名警部が言った。

「その怪我人や死人の多くは、警察官が抜刀したせいなのではないですか?」

大野警部が顔をしかめた。

「それですよ。麴町署も困ったことをしてくれたもんだ。警官の抜刀が火に油を注いだというもっぱらの評判です」

そこで大野警部は咳払《せきばら》いをした。「しかし、そのことがどうであれ、相当数の死傷者が出ていることは確かです。このホトケさんも、その中の一体として数えるべきではないかと思います」

警察でも多くの人がそう考えるだろうと、岡崎は思った。現場におらず、報告される事柄だけを把握している人々にとっては、騒動の中で死亡した人は皆、同じようなものに思えるだろう。

特に、警察官のサーベルによって多くの死傷者が出たということだから、できれば死亡したときの詳しい状況はあまり表沙汰にしたくないだろう。

「騒擾《そうじょう》による死亡」

その一言で片づけるのが、警察の上層部にとっては都合がいい。

だが、と岡崎は思う。

こうして現場で遺体と直面している者としては、それでは納得がいかない。

お鯉さんの邸宅での騒動は、人が死ぬようなものではなかった。しかも、死因は短刀のようなもので刺されたことだ。

騒動とは別の、何かの意思が働いていると感じる。

葦名警部もそのように感じているに違いない。そして、荒木もそう思っているはずだ。

「では……」

大野警部が、困ったような表情で言った。「この件を、どうしたいとおっしゃるのですか？」

葦名警部は、あくまで無表情のままこたえる。

「通常どおり、殺人事件として捜査いたします」

大野警部が、再び「うーん」とうなった。

「常時であれば、何の問題もないのですが、なにせこんな非常時ですから……」

「騒乱は、軍隊によって鎮圧されたのでしょう？」

「ああ、それは、内務大臣官邸の話でしょう。たしかに、官邸は鎮圧されました。ですが、群衆は、日比谷大通りなどに拡散しておりまして……」

「まだ収まっていないのですか……」

「……というか、国民大会とは別な動きになってきましたね」

「別な動き……」

「ええ。昼間の騒ぎは、政治的だったと思います。日比谷公園の大会や、新富座での演説会に集まった人々が中心でしたから……。でも、日が暮れるあたりから、それとはまったく関係ない民衆を巻き込んでいったようなのです。ですから、警察はずっと手が足りない状態です。赤坂署もてんてこ舞いですよ」

「しかし、忙しいからといってやるべきことをやらないのは怠慢でしょう。殺人事件を看過することはできません」

「いやあ、おっしゃるとおりなんですが……。なんせ、我々もいつ暴徒鎮圧に駆り出されるか……」

「では、この殺人事件は、我々警視庁に任せていただくということで、どうでしょう」

大野警部の表情が、ぱっと明るくなった。

「いや、そうしていただければありがたい。うん。警視庁が調べてくれるというのなら、安心だ」

大野警部はどうやら、最初からそうしたかったようだ。葦名警部はそれを見越して、申し出たのだ。

「それでは、この殺人事件は我々が担当するということにさせていただきます」

「はい。お任せします。それでは、我々は署に引きあげることにします」

大野警部は二人の角袖を連れて、去っていった。

葦名警部が言った。

「では、警視庁に電話で報告しよう。おまえたちは、奥の間で休んでくれ」

そう言われて、岡崎は心から安堵《あんど》した。

外ではまだ騒動が続いているらしい。だが、そんなことはどうでもいいと感じるくらいに、疲れ果てていた。

巡査たちが奥の間に行くと、そこに藤田と西小路がいた。彼らは、何事か話し合っていた様子だ。

巡査たちを見て、西小路が言った。

「どうなった？」

荒木がこたえた。

「どうって、何が？」

「遺体とか、事件のこととか……」

「ああ……。たぶん、俺たちが捜査を引き受けることになるよ」

「それはけっこう」

「何がけっこうなんだ？」

「僕たちも手伝いますよ」

「そんなことを、藤田さんに言っていいのかな？　警視庁の大先輩だよ」

荒木が藤田を見てから慌てて言った。

「いや、藤田さんに申したわけじゃない。あんたに言ったんだ」

「僕だって探偵ですよ。それにね、僕は遺体の発見者だよ」

「ふん。それがどういうことかわかってるのか？」

「殺害の容疑がかかるということだろう？　でも、僕はやっていない。僕は短刀も持っていないし、動機もない。死んでいたのは知らない男だからね」

「どうだかね……」

「それより、君たちはここで何をしているんだ？」

その問いにこたえたのは、岡崎だった。

「休憩だよ。ようやく休めるんだ」

「休憩だって？」

「ああ。ようやく畳の上で休める」

「だったら、靴くらい脱いだらどうだ？」

見ると、藤田も西小路も履き物を脱いでいた。巡査たちは互いに顔を見合った。

久坂が言った。

「それもそうだ」

彼は靴を脱ぎ始めた。岡崎もそれにならうことにした。靴を脱ぐと、いっそうくつろいだ気分になった。

畳の上に腰を下ろすと、もう二度と立ち上がれないのではないかと思うほど、疲れを感じた。

すぐにでも眠りに落ちそうだった。

そこに葦名警部がやってきた。岡崎は反射的に立ち上がろうとした。

葦名警部はそれを制した。

「そのまま聞いてくれ。我々が殺人事件の捜査をすることになった。鳥居部長の指示だ。騒動が収まるまで、我々はここに詰めることになる」

荒木が尋ねた。

「ホトケさんはどうします？　この暑さじゃ、すぐに腐敗しはじめますよ」

「それも、市内の騒動が収まるのを待つしかない」

通常なら、すぐに馬車で警察署か警視庁に運ぶところだ。

岩井が言った。

「筵《むしろ》でも探してきて、かけておきましょう」

「それも明るくなってからでいい。お鯉さんらの消息が、警視庁に知らされていた。三人とも無事だということだ」

西小路が言った。

「それはよかった。それで、お鯉さんは、今どちらに?」

「裏手の崖を下ったところが、井上《いのうえ》子爵のお屋敷のトウモロコシ畑になっている。お鯉さんたちはそこに潜んでいたのだが、周囲を警戒中の子爵ご令息に発見され、保護されたということだ。お鯉さんは井上子爵邸にいるそうだ」

お鯉の家の隣は、井上勝《まさる》子爵の邸宅だった。そして、お鯉を発見・保護した子爵の息子は、近衛《このえ》師団の中尉だ。

西小路がうなずく。

「井上子爵の家にいるというのなら、安心ですね。栄次郎さんたちは?」

「おとしと栄次郎は、すでに自宅に帰したということだ」

そう言い終わると、葦名警部はどっかと腰を下ろした。さらに、ごろりと横になると言った。

「私はしばらく寝る。おまえたちもそうしろ」

岡崎がどうしようかと思っていると、葦名警部が寝息を立てはじめた。

久坂が言った。

「じゃあ、俺も寝るとするか」

岡崎は、西小路と藤田に尋ねた。

「お二人はどうされますか？」

西小路はこたえた。

「どうするったって……。市内はまだ物騒だから、ここにいたほうがいいよなあ……」

藤田がこたえた。

「休めるうちに休んでおいたほうがいいでしょう。私はどこか別の部屋で休ませていただきます」

そう言うと、彼は立ち上がり、部屋を出ていった。

西小路は、部屋の隅に行って横になった。

見ると、巡査たちはもう眠ろうとしている。岡崎も場所を見つけて身を横たえた。すると、気を失うように、たちまち眠りに落ちた。

目を覚ましたのは、夜明け前だ。まだあたりは暗い。岡崎は、誰かが身を起こしているのに気づいた。

葦名警部だった。座ったまま腕組をして、何事か考えている様子だった。

岡崎も身を起こした。そして、小声で語りかけた。

「警部、どうかされましたか？」

「岡崎か。今しがた目が覚めたところだ」

「何か、お考えのご様子でしたが……」

「あの遺体だがな……」

「はい」

「壮士風の出で立《いた》ちが気になる」

「そうですね……」

「ただ騒動に巻き込まれて死んだのではない。あの殺し方は、何者かが狙ってやったことだ」

「自分もそう思います」

「夜が明けたら、まず凶器を探せ」

「はい」

そうこたえながら、市中の騒動はどうなったのだろうと、岡崎は考えていた。

11

夜が明けて、巡査たちが目を覚まし、動き出した。

久坂が大きく伸びをして言った。

「腹が減ったな」

言われて、岡崎も空腹を強く意識した。昨夜から何も食べていない。

西小路が言う。

「出前を取るわけにもいきませんよねえ。おそらく、世間はそれどころじゃないはずだ」

それに対して、荒木が言う。

「だいたいこんな時間に開いている店もなかろう」

岡崎は言った。

「明るくなったら、凶器を探す。そう言われていたはずだ」

「待て待て」

葦名警部の声だった。部屋の戸口に立っていた。巡査たちは慌てて立ち上がった。

葦名警部が言った。

「この際だから、そんなに形式にこだわることはない。いいから、座ってくれ」

そう言って、葦名警部は畳の上に腰を下ろした。

巡査たちは互いに顔を見合った。最初に座ったのは荒木だった。それから、久坂、岩井、岡崎の順に座った。

西小路はずっと座ったままだった。彼に警察の規律は関係ない。

葦名警部が言った。

「久坂の声が聞こえたぞ。全員空腹のはずだ。なんとか食料を調達しようと思うが……」

西小路が言った。

「赤坂《あかさか》署に頼んで、何か届けてもらえないんですか?」

葦名警部がこたえる。

「市内の騒ぎがまだ続いているかもしれない。赤坂署にそんな余裕はないだろう。できるだけ彼らの手を煩わせたくはない」

「そんなこと言ったって、食べ物を手に入れる方策なんて、ほかになさそうですよ」

荒木が言った。

「あんたは、自宅に帰ればいいだろう。伯爵邸なら安全なんじゃないのか?」

「殺人事件だってのに、探偵が現場をほっぽり出して帰れると思うかね」

「誰《だれ》も探偵なんて頼んじゃいねえよ」

「僕がいると、きっと役に立つと思うがね」

　すると、葦名警部が言った。

「騒ぎが市内のいろいろなところに広まっているようだ。大野警部が言っていたが、騒《そう》擾《じょう》は、一般民衆に飛び火したのだ。そうなると、どこで暴動が起きるか予測がつかない。今、移動するのは危険だ。ここにいたほうがいい」

　西小路は荒木に言った。

「ほらね、そういうことですよ」

　そのとき、玄関のほうで声がした。若い女性の声のようだ。

「あれ……」

　岩井が言った。「城戸令嬢の声じゃないか？」

「喜子さんだって？」

　西小路はそう言うと立ち上がり、部屋を出ていった。

　葦名警部と巡査たちもその後を追った。

　玄関に立っているのは、間違いなく城戸喜子だった。

　葦名警部が戸惑った様子で尋ねた。

「いったい、どうなさったのです」

　岡崎もそれを質問したかった。

　喜子はこたえた。

「炊き出しよ。おなかがすいているでしょう？」

「炊き出し……？」

葦名警部が聞き返したとき、たすき掛けして姉《あね》さんかぶりの女中らしい女たちが、大きなかごを抱えて姿を見せた。

そのかごの中には、握り飯が並んでいる。

葦名警部が目を丸くする。

「これはいったい……」

喜子が言った。

「井上子爵の家のお手伝いさんたちよ」

「井上子爵の……」

女中たちの一人が言った。

「さて、おにぎりをどこに運びましょうね？」

岡崎は、はっとした。

居間には死体が転がっている。彼女たちにそれを見てほしくなかった。葦名警部も同様に思ったのだろう。彼は言った。

「ここに置いてください。中はひどいありさまで、陶器や硝子《ガラス》のかけらも散乱しています。足に怪我《けが》でもされたらたいへんだ」

「そうですか……。それじゃ、ここに置かせていただきますよ」

女たちは、二つのかごを玄関に置いた。

葦名警部が言った。

「井上子爵には、くれぐれもよろしくお伝えください。後ほど、お礼にうかがいます、と……」

「かしこまりました」

女中たちは引きあげたが、喜子はその場を去ろうとしなかった。その背後に藤田が立っていた。

葦名警部が藤田に言った。

「お嬢さんが、安全なところにおいでだとおっしゃっていましたが、なるほど、井上子爵のお宅にいらしたのですね」

喜子がこたえた。

「そう。近くまでいっしょに来たんだけど、危険だからそこにいるようにと、庶務のおじいさんに言われて」

「そういうことでしたか」

藤田が言った。

「まさか、そこにお鯉さんが避難なさるとは、思ってもいませんでした」

喜子が目を見開いて言う。

「そうそう。見回りに出た亥六《いろく》さんが、お鯉さんたちを連れて戻って来たんで、びっくりしたわ」

華名警部が言った。

「亥六さんというのは、陸軍におられるご子息ですね」

「そう。あ、そんなことより、早くおにぎりを召し上がって」

華名警部が巡査たちに言った。

「そうさせてもらおう。縁側に運ぼうか」

久坂と岡崎がかごを持ち、玄関を出て外から縁側に向かった。庭も荒れていた。塀が壊され、雨戸も壊されている。

壊れた引き戸や障子《しょうじ》を片づけると、握り飯の入ったかごを縁側に置いた。

喜子が言った。

「お茶をいれようにも、湯も沸かせないわね」

華名警部が言った。

「台所の甕《かめ》に水があるはずだ。水でかまわん」

荒木と岩井が台所に行き、やかんに水を入れて、人数分の茶碗《ちゃわん》といっしょに持ってきた。

華名警部と藤田が、縁側に腰を掛けて握り飯に手を伸ばした。

「さあ、おまえたちも食べろ」

華名警部に言われて、巡査たちは立ったまま握り飯を食べはじめた。

まだ温かい握り飯は、本当にうまかった。岡崎は夢中で頬張《ほおば》った。ふと、気づくと、岩井が手を付けていない。

岡崎は尋ねた。

「どうしたんだ？」

岩井は、苦しみに耐えるような表情で言った。

「井上子爵といえば、長州《ちようしゆう》士族ではないか」

たしかに、井上勝は長州出身だ。井上馨《かおる》や伊藤博文らとともに英国に留学し、そこで学んだ知識と技術を活《い》かし、その後は鉄道事業において大いに活躍した。日本の鉄道の父とも呼ばれている。

岡崎はあきれた。

「こんなときも、薩摩《さつま》だ長州だとこだわるのか？」

「当たり前だ。おまえには、会津《あいづ》人の気持ちがわからないんだ」

「腹が減っているだろう。今後の職務のためにも、食っておけ」

「長州の施しは受けない」

岡崎は、久坂と顔を見合わせた。それから、葦名警部の顔を見た。葦名警部は何も言わない。

そのとき、藤田が言った。

「斗南《となみ》藩では、食べられるものは何でも食べました」

一同は藤田の顔を見た。

岩井もその顔を見つめている。

藤田の言葉が続いた。

「そうしないと、生きていけませんでした。意地を張ったりしたら、たちまち死んでしまうのです。斗南はそんなところでした。食べられるというのは、ありがたいことです。誰が差し入れたにしろ、食べ物は食べ物です」

岩井は唇を咬《か》んでいた。その目に涙が浮かぶ。

彼は言った。

「ありがたく、いただきます」

そして、握り飯を手に取りかぶりついた。

岡崎たちは、ほっとして食事を続けた。

男たちの見事な食いっぷりを、見とれるように眺めていた喜子が言った。

「さっきから気になっていたんだけど……。これ、何の臭《にお》いかしら……」

「あ……」

岡崎は思わず、声を出した。

遺体とその周囲の血だまりが異臭を発しているのだ。ずっとその近くにいた岡崎たちは臭いに鈍感になっていたが、やはり喜子は気になるようだ。

死体があるなどと言ったら、子爵令嬢は仰天するだろう。どうしたものかと、岡崎が葦名警部の顔を見たとき、西小路が言った。

「ああ、死臭ですよ」

　喜子が聞き返す。

「シシュウ?」

「おや、藤田さんから聞いてませんか。居間に死体が転がっているんです」

　喜子が目を丸くした。

「え?　昨夜の騒ぎで、死人が出たんですか?」

「まあ、そういうことですが、これからいろいろ調べるところです」

　喜子が葦名警部に向かって言った。

「私にも見せてくださいませんか?」

　それを聞いて、岡崎は驚いた。

　気味悪がって近づきたがらないだろうと思っていたのだ。まさか、死体を見たがるとは……。

　葦名警部が言った。

「私ら警察官でも、死体にはあまりお目にかかりたくないものです」

　藤田が喜子に言う。

「お嬢様がご覧になるようなものではありません」

「あら」

　喜子が言う。「皆さんがご覧になったのなら、私も拝見しないと……。私も皆さんのお役に立ちたいですわ」

葦名警部が言う。

「一般人に殺人現場を見せるわけにはいかないんです」

「庶務のおじいさんや西小路さんもご覧になったのでしょう？　お二人は一般人じゃなくって？」

「それは、そうなのですが……」

すると、西小路が言った。

「見てもらったらいいじゃないですか。何事も経験です」

葦名警部がそれにこたえる。

「積まなくてもいい経験もある。刺殺体なんて見たら、心に傷が残るかもしれない」

「え、刺されて死んだんですか？」

喜子が言った。「ぜひ、拝見したいわ」

荒木が言った。

「飯を食っているときに、死体の話なんてしてほしくねえんだけど……」

喜子が荒木に言った。

「飯を食っているときって、もう、食べ終わってるじゃない」

たしかに喜子が言うとおり、みんなあらかた握り飯を平らげていた。

荒木が言った。

「お嬢さん、学校はどうしたんです？　今日は水曜日。授業があるでしょう」

「街の中が物騒で、登校する人はほとんどいないでしょう。お休みみたいなものよ」

荒木が藤田に尋ねた。

「そうなんですか？」

「自由登校ということになっていると思います。職員も出勤できるかどうかわかりませんから……」

葦名警部が藤田に尋ねた。

「騒ぎが一般大衆に広がったという話ですが……」

「大通りに沿って暴動が起きているようです。何でも、交番が次々と焼打ちにあっているとか……」

「交番が……」

その話は岡崎にとって衝撃だった。庶民にとって、交番は警察の象徴だろう。それを焼打ちされたということは、警察の権威が地に落ちたということではないだろうか。

そう思い、岡崎は愕然《がくぜん》としたのだ。いったい、この騒ぎはどこに向かっているのだろう……。

「だからといって、こんなところにいることはねえですよ」

荒木が喜子に言った。「井上子爵のお屋敷でおとなしくされていてはいかがです？」

「きっと私も役に立つわよ」

葦名警部が藤田に言った。

「どうしたものでしょう」

藤田が小さく溜《た》め息《いき》をついてこたえる。

「原則的には、本人が望むようにすることでしょう」

「そんなことをして、だいじょうぶでしょうか」

「すべて自分の責任です」

岡崎は、この言葉に驚き、感銘を受けていた。さすがに、幾多の戦場を経験した人の言葉は違う。

しばらく考えた後に、葦名警部が喜子に言った。

「これから、改めて検分をします。よろしければ、ごいっしょに……」

握り飯が入っていたかごや、茶碗、やかんを台所に片づけると、一行は居間に移動した。明るくなったので、より詳しい検分ができるはずだ。

居間は昨夜よりひどいありさまになっていた。血だまりや遺体には、蠅《はえ》がたかっている。臭気が強くなっていた。残暑のために、腐敗が早いのだ。

昨夜、遺体を仰《あお》向《む》けにしたので、顔が天井を向いている。その日には、薄く膜が張りはじめていた。

葦名警部と荒木が、死体に近づき、かがみ込んで観察を始めた。

荒木が言う。

「改めて日の光で見ても、昨日と印象は変わりませんね。やはり、年の頃《ころ》は、三十代半ばでしょうか……」

葦名警部がうなずく。

「そうだな……」

「着ている物は壮士風だけど、実のところ、どうだかわかりませんね……」

「鳩尾《みぞおち》を刃物で一突き……。傷は心臓に達している。昨夜の見立てと変わりはないな」

岡崎は、立ったまま検分の様子を眺めている喜子の様子をうかがった。

顔色が真っ青だった。やはり、見ないほうがよかったんじゃないだろうか……。

そう思い、声をかけた。

「お嬢さん、だいじょうぶですか？」

喜子はこたえない。顔色がますます悪くなる。彼女は、死体を見つめていた。その黒目がくるりと上目蓋《うわまぶた》に隠れた。

そして、膝《ひざ》から力が抜けたように倒れていった。

だが、彼女が床に横たわることはなかった。崩れ落ちる体を、藤田がしっかりと支えたのだ。

さっと抱き上げると、藤田は言った。

「奥で休んでいただきます」

彼は、喜子を抱きかかえたまま、歩き去った。

西小路が言った。

「やれやれ、口ほどにもない……」

「そんなことを言うもんじゃないよ」久坂が言った。「お嬢様なりにがんばったじゃないか」

荒木が言う。

「がんばる必要なんてないんだけどな」

その荒木に、葦名警部が言った。

「余計なことを言わないで、検分に集中しろ」

「はい……」

荒木が死体に眼《め》を戻す。

「こいつ、剣術をやってますね」

彼は死体の左手を見ていた。

「何……?」

岩井が近づき、荒木同様に死体の左手を調べた。

「たしかに、人差し指のつけ根と小指のつけ根にタコがありますね」

剣を振ることによってできるタコだ。溝口派一刀流《みぞぐちはいっとうりゅう》の使い手である岩井が言うのだから間違いないだろう。

西小路が独り言のように言う。

「ふうん……。壮士風の出で立《いた》ちで、剣術の心得がある……」

久坂が西小路に尋ねた。

「何か、心当たりがあるのか？」

「いや、ない」

「なんだよ。じゃあ、思わせぶりにつぶやいたりするなよ」

「つぶやくのは勝手だろう」

華名警部が立ち上がった。

「全員、このホトケさんの人相をちゃんと記憶するんだ」

言われるまでもなく、頭に叩《たた》き込んでいた。

「遺体は、どうしましょう」

荒木が言った。「今日も暑そうだ。この気候じゃ、ますますひどいことになりますよ」

「警視庁に電話してみよう」

華名警部がこたえた。「市中の暴動を避けて、なんとか運搬する手段があるかもしれない」

「しかし……」

久坂が言う。「交番が襲撃されているということは、警察官が標的にされているということですよね。今、警察官が市中を移動するのは危険だなあ」

それを聞いて岩井が言う。

「外を歩けないんじゃ、どうやって捜査をするんだ？」

久坂が首をひねる。

「それもそうだよなあ……」

「とにかく、できることをやるしかない」

葦名警部が言った。「私は警視庁に電話をする。おまえたちは、凶器を探してくれ」

「はい」

巡査たちは、声をそろえて返事をすると、庭に向かった。西小路も、巡査たちについてきた。

12

暴徒たちが破壊した塀の下や、庭の築山の陰、縁の下などをくまなく捜索したが、刃物は見つからなかった。

徐々に気温が上がってきており、岡崎は制服の下に汗をかいていた。ああ、風呂《ふろ》に入りたいな。岡崎はそんなことを思っていた。

すぐ近くにいた荒木が言った。

「きな臭いな……」

岡崎はこたえた。

「交番が焼かれたということだから、その臭いが漂ってきているんだろう」

「しかし、警察官を敵に回すなんざ、ふざけた真似《まね》をしやがる」

「群衆に向かって抜刀したのだから、自業自得とも言える」

「おまえ、どっちの側なんだ？」

「そりゃあ、警察官だから警察の側だと思うけど……」

「内務大臣官邸のありさまは、それくらい差し迫っていたということだろう。その場にいなかった俺《おれ》たちがとやかく言えることじゃねえ。刀を抜かなきゃ、自分の命が危ない。そういう状況だったんだろう。悪いのは暴徒のほうに決まってるだろうが」

「それはそうだが……」

岡崎は、荒木ほど物事を割り切って考えることができない。いくらなんでも、民衆に向かって刀を抜くというのは、やり過ぎだと思う。

それによって死傷者が出るなど、あってはならないことだ。岡崎はつい、そう思ってしまうのだ。

警察官の仕事に疑問を持ったことはない。だが、多くの巡査たちが思っているように、自分たちは特別で、一般大衆に対して威張り散らしてもいいなどとは思っていない。

警察官が抜刀したと聞いて、敗北感のようなものを抱いていた。なぜそう感じたのかはわからない。

西小路が暑さに辟易《へきえき》した顔で言った。

「凶器はこの家にはない。警部にそう報告しよう」

他の巡査もこの意見に賛成のようだった。四人の巡査は、家の中に戻った。

奥の部屋に行くと、葦名警部と藤田が、喜子を前に座っていた。喜子は、畳の上で正座している。

岡崎は尋ねた。

「お嬢さんは、もうだいじょうぶなんですか?」

喜子がこたえた。

「平気よ。とても興味深かったわ」

荒木が言った。

「へえ……。卒倒なさったのに、興味深いとおっしゃる……」

「死体なんて何でもないわ。蝿が気持ち悪かっただけ」

負け惜しみだろうが、こんなことを言えるだけたいしたものだと、岡崎は思った。

ただ、また卒倒でもされると困るので、井上子爵邸あたりで、おとなしくしていてほしい。

華名警部が巡査たちに向かって言った。

「遺体は、陸軍が警視庁まで運んでくれることになった。内務大臣官邸だけでなく、市内中心部に軍隊が出て暴徒を鎮圧したということだ」

なるほど、と岡崎は思った。

警察官がだめなら軍隊というわけだ。しかし、それは警察官として残念な話だ。本来なら、軍隊の力など借りずとも、警察の力で市内を平定すべきなのだ。

荒木が質問した。

「市内の様子について、わかったことはありますか?」

「服部課長によると、昨日の夕方から今日の未明にかけて、警察署および支署が八ヵ所、交番が約二百ヵ所、襲撃を受けて焼かれたそうだ」

荒木があきれたように言う。

「交番が二百ヵ所……」

「日比谷《ひびや》・霞《かすみ》ヶ関《せき》に軍隊が出動したので、群衆は大通りを通って、市の周辺部に向かって移動したという。新橋《しんばし》、銀座《ぎんざ》から、日本橋《にほんばし》大通りを通って、神田《かんだ》、上野《うえの》、浅草《あさくさ》と被害が続いた。夜明け頃軍隊が出動し、焼打ち騒ぎはいったん収まっているようだ」

藤田が静かに言った。

「民衆は、軍隊には逆らおうとしません。日露戦争で軍隊がどれだけ奮闘したか知っているからです。一方で、普段民衆に対して偉そうに振る舞っている警察には怒りをぶつけるのです」

「そういうことでしょうね」

葦名警部はうなずいてそう言うと、続いて荒木に尋ねた。「それで、凶器は出たか？」

「いいえ。この家にはないようです」

西小路が言う。

「犯人が持ち去ったのでしょうね」

葦名警部がそれを聞いて言う。

「そうかもしれないが、そうでないかもしれない。我々は確証がない限り、断定はしない」

「警察は、お堅いからなあ……」

「捜査で間違いを犯すわけにはいかないのだ」

「まあ、おっしゃるとおりでしょうね。さて、これからどうします？　暴動が収まっているのなら、聞き込みにでも出かけますか？」

「暴動はまだ収まってはいません」

そう言ったのは、藤田だった。

西小路が聞き返した。

「収まっていない……？　でも、夜明け頃焼打ちは終わったのでしょう？」

「夜の炎は興奮を呼びますが、夜明けとともにそれは冷めるのです。焼打ちが収まったのは軍隊のおかげではなく、日が昇ったからでしょう。しかし、まだ人々の鬱憤《うっぷん》は晴れておりません。おそらく、午後あたりから別の動きがあるはず……」

巡査たちは顔を見合った。

そのとき、玄関で声がした。

「ごめん。誰かおられるか？」

岩井が言った。

「誰でしょう。見てきましょう」

その岩井が玄関から戻り、告げた。「陸軍です」

葦名警部がうなずいて立ち上がった。

さすがに軍隊だけあって、手際がよかった。蠅のたかった死体を、いっこうに気にする様子もなく、実にてきぱきと作業をした。

死体を布に包み、担架に乗せると、すぐさま持ち去った。馬車ではなく、自動車で来ている。

小隊長だという口髭《くちひげ》の士官が、葦名警部に言った。

「では、警視庁まで移送いたします」

葦名警部が敬礼をする。

「よしなにお願いいたします」

陸軍の連中は、あっと言う間に去っていった。居間に死体がなくなったというだけで、岡崎は心の重しがなくなったように感じていた。死体というのは、それだけ存在感がある。

西小路が言う。

「話が途中になりましたね。藤田さんがおっしゃるには、暴動はまだ続くと……。そうなると、市中で聞き込みもできませんねえ。さて、どうしましょう」

荒木が言った。

「どうしましょうじゃない。捜査は警察に任せて、あんたも井上子爵邸かどこかに避難していたらどうだ。伯爵の伝手《つて》があるだろう」

「それは悪い話じゃないね。そうすれば、蒲団《ふとん》で寝られるし、ちゃんとした食事もいただけるだろうね」

「じゃあ、お嬢さんをお連れして、井上子爵邸に行くがいいさ」

「いや、悪い話じゃないが、僕にその気はない。子爵邸で安穏としているより、僕は捜査がしたいんだ」

「探偵など、捜査の邪魔だよ」

「その考えを改めていただくよ。僕はきっと役に立つからね」

荒木が何か言おうとするのを、葦名警部が遮った。

「人手は多いほうがいい。探偵ならば、まったくの素人というわけじゃない。手伝いを頼んだほうがいいだろう」

その言葉は、西小路よりもむしろ藤田を意識したものだろうと、岡崎は思った。

藤田は間違いなく頼りになる。

久坂が言った。

「ところで、お鯉さんは、どうされているのだろう……」

彼が言うと、まるで緊張感がない。お鯉がのんびりと旅でもしているような気がしてくる。

喜子が言った。

「元気なんだけど……」

久坂が聞き返す。

「けど……？　何です？」

「一度死ぬ覚悟をしたのに、なんだか気が抜けた、とおっしゃっていたわ。たしかに、気が抜けたように、ぼうっとされていた。井上子爵が、桂首相に連絡したようなんだけど、桂首相からは何の音沙汰《おとさた》もないらしいわ。それもあって、お鯉さんは力を落としていらっしゃるんだと思う」

「あ……」

久坂が言う。「お鯉さんが、桂首相のお妾《めかけ》さんだということを、お嬢さんはご存じなんですね？」

「もちろん知ってるわよ。子供じゃないんだから……。いえ、子供でも知ってるわね」

「これから、お鯉さんはどうされるのでしょうね？」

その久坂の質問は誰に対するものなのかわからなかった。独り言のようにも聞こえた。

それにこたえたのは、西小路だった。

「騒ぎが収まるまで、井上子爵邸にやっかいになるんじゃないのか。その後は、ここの修理が終わるまで、首相官邸にでもいるんじゃないかね」

久坂が言う。

「殺人があった家など、気味が悪いんじゃないかね。引っ越すかもしれないな」

西小路は肩をすくめた。

「どうしようと、我々の知ったことではない。そうでしょう」

「自分は、お鯉さんが気になるなあ……」

「お鯉さんが、何ですって？」

その声に全員が戸口のほうを見た。そこに、植木職人の栄次郎が立っていた。

葦名警部が尋ねた。

「どうしたんだ？」

栄次郎がこたえる。

「お鯉さんの様子を見ようと思ってやってきたんですがね。いざ井上子爵のお屋敷をお訪ねするとなると、なんだかひどく気後れしてきまして……。どうしたものかと思案していると、家の中に人がいる気配だったので……」

「気後れしたと言うが、昨日はお鯉さんといっしょに井上子爵のお宅にいたのだろう？」

「ええ、しばらくは……」

「だったら、そのお礼にうかがった、とか何とか、いくらでも言いようはあるだろう」

栄次郎は、ぴしゃりと額を叩いた。

「あ、なあるほど。その手がありましたか……。けど、それなら手土産の一つも持っていないとおかしいですね」

喜子が栄次郎に言った。

「昨日はどうも……」

「あ、城戸子爵のお嬢さんでしたね。昨夜はお騒がせしました」

「皆さん、無事でよかったわ」

それから栄次郎は、警察官や藤田たちを見回して言った。

「それで、ここで何をなさっているんです？」

西小路がこたえる。

「殺人の捜査をしているんだ」

その言葉に、葦名警部が眉《まゆ》をひそめた。

「余計なことは言わないでいただきたい」

「本当のことだから、いいじゃないですか。いずれ、市内の騒ぎが収まったら、新聞に載るかもしれないですし……」

葦名警部は、さらに渋い表情になったが、何も言わなかった。

「殺人……」

栄次郎は、ぽかんとした顔でそうつぶやいた。何を言われたのかわからないような表情だ。現実味がないのだろう。

西小路が言う。

「そうだよ。まだ、居間には血だまりが残っているはずだ」

「居間に……？」

栄次郎はそちらに向かおうとした。

荒木が言った。

「おっと。見ねえほうがいいと思うぜ。卒倒した人もいるくらいだ」

喜子が言った。

「あら、もう死体はないからだいじょうぶじゃないかしら」

栄次郎は、居間に行くのを考え直したようだ。

「いったい、誰が殺されていたというんです？」

彼は、よく見知ったこの家の人が亡くなったのではないかと心配している様子だ。

葦名警部が言った。

「身元不明の男性だ。壮士風の身なり。年は三十代半ば。心当たりはないか？」

「いや、心当たりも何も、それだけじゃあ……」

そう言いながら、栄次郎は安堵《あんど》した様子だった。この家の女中やお鯉自身に何かあったわけではないとわかったからだろう。

「まあ、それもそうだな……」

「どうやって殺されたんです？」

「短刀のようなもので一突きだ」

「短刀……」

栄次郎はふと何かを気にするような表情になった。葦名警部もそれを見逃さなかったようだ。

「何か気になることがあるのか？」

「いえ……。別に気になることなんてありません。ただ、短刀でブスリなんて、物騒だなと思いまして……」

「その刃物がまだ見つかっていない。犯人が持ち去ったか、あるいは、どこか離れた場所に捨てたか……」

「どんな短刀なのでしょう」

その栄次郎の質問に、今度は華名警部が怪訝《けげん》そうな顔をする。

「どんな短刀……？」

「あ、その……。刃渡りとかこしらえとか……」

荒木が言う。

「そんなこと、わかるわけがないじゃないか。俺たちが見たのは、刺し傷だけだよ」

「はあ……。あ、そうですね」

栄次郎は、何事か考え込んだ。

華名警部が、巡査たちに言った。

「いずれ、お鯉さんにも事情を聞かなければならない」

それに、即座に反応したのは栄次郎だった。

「え、お鯉さんに……？　なぜです？」

「刺された男と関《かか》わりがなかったかどうか、調べなければならない」

「暴徒の一人じゃないんですか？　お鯉さんは、そんな連中のことなど知らないはずです」

「面識のない暴徒かもしれないし、知っている男かもしれない。いずれにしろ、確認を取らなくてはならないんだ」

栄次郎がまた考え込む。

華名警部が言った。

「しかし、事情を聞くにしても、遺体を見てもらうわけにもいかないし……。何か手はないものか……」

西小路が言った。

「人相描《にんそうが》きを作ったらどうです？」

華名警部が言った。

「我々はここから動けない。どうやって人相描きを作るんだ？」

「僕が描きましょう」

華名警部が驚いた様子で西小路を見た。岡崎たちも同様だった。西小路がその視線に気づいて言った。

「みんな、何でそんな顔をするんです？　僕は探偵ですからね。それくらいのことはできますよ」

華名警部が尋ねる。

「絵心があるということか？」

「ええ。任せてください……。ただ……」

「ただ、何だ？」

「記憶が曖昧《あいまい》なところがあります。誰かに補助をお願いできれば……」

「それなら、岡崎が適役だ。彼の記憶力は群を抜いている」

突然指名されて驚いたが、たしかに記憶力には自信がある。そして、遺体の人相ははっきりと記憶していた。

西小路が言った。

「では、紙と筆を用意してください」

それを受けて、葦名警部が栄次郎に言った。

「紙や筆がどこにあるか知っているか？」

頻繁に出入りしているようだから、家の事情に通じているかもしれない。

栄次郎は、ぼんやりと考え事をしている様子で、返事をしない。

「栄次郎さん」

荒木が、改めて声をかけると、驚いたように顔を上げた。

「え……？」

「紙と筆がどこにあるか知りませんか」

「ああ、それなら居間の茶簞笥《ちゃだんす》の引き出しに……」

葦名警部が言った。

「岩井、取ってきてくれ」

「はい」

岩井が居間に行き、半紙の束と矢立を持って戻って来た。すると、西小路が筆を取り紙にさらさらと顔の輪郭らしい線を描いた。

「こんな感じだったな」

岡崎は言った。

「もっとエラが張っていた。眉毛が濃く、ドングリ眼で二重《ふたえ》だった」

「うん。唇は厚かったな……」

西小路がほとんど迷うことなく筆を走らせる。やがて出来上がった人相描きは、遺体の男によく似ていた。

荒木が言った。

「へえ、たまげたなあ。西小路にこんな芸当ができるなんて」

西小路がこたえる。

「言ったろう。僕は役に立つって」

葦名警部もその出来映えに満足したようだ。彼は言った。

「では、これを持ってお鯉さんに話を聞いてきてくれ」

喜子が言った。

「私も同行しましょう。女性がいたほうが、何かと便利でしょう」

葦名警部がうなずく。

「そうしていただきましょう」

するど、藤田が言った。

「私もお嬢様のお供で……」

一同が出かけようとすると、突然、栄次郎が言った。

「あっしです」

岡崎は、彼が何を言っているのかわからなかった。

葦名警部が栄次郎に尋ねた。

「何のことだ?」

栄次郎がこたえた。

「そいつを殺したのは、あっしです」

13

人相描きを持って出かけようとしていた荒木が、立ち尽くして栄次郎を見つめていた。

荒木に同行しようとしていた喜子と藤田も同様だった。

栄次郎は、正座をして両方の拳《こぶし》を膝《ひざ》に載せている。強く拳を握っていた。

葦名警部が尋ねた。

「殺したというのは、どういうことだ？」

「だから、あっしが殺したんです」

「では、訊《き》くが、あの男は何者だ？」

「知りませんよ。お鯉さんを殺すと言っていたので、こいつは勘弁できねえと思いまして
……」

「どうやって殺害したんだ？」

「だから、短刀ですよ」

「短刀を持ち歩いていたのか？」

「あいつが持っていた短刀です。そいつを奪って刺したんです」

「どこを刺したんだ？」

「え……？」

「相手のどこを刺したんだ？」

「どこって……。揉《も》み合っていたんで、はっきりと覚えていません。でも、相手を一突きしたのは間違いないです」

「それはいつのことだ？」

「いつって……。やつらが塀を壊して家になだれ込んできたときですよ」

「昨日、おまえはずっとお鯉さんたちといっしょだったじゃないか。この私も奥の部屋にいて、裏口から逃がすのを手伝った。そしておまえは、お鯉さんたちといっしょに、縄ばしごで崖《がけ》を下り、裏の畑に逃げ込んだ。いつ、男を殺害したというのだ？」

栄次郎は、はっきりとこたえた。

「暴徒が家になだれ込んだときです。警察の方はまだ、あっしらがいた奥の間、つまり、この部屋にはいらっしゃいませんでした。あっしは、暴徒たちの様子を見るために、お鯉さんのもとを離れ、居間のほうにやってきたんです。するとそこに、刃物を持った男がいたんで、あっしは無我夢中でしがみつきました。そして、気がついたら相手は倒れていたんです」

「では、こういうことか？」

葦名警部は思案顔で言った。「私らが様子を見にいく前に、おまえは居間に行き、怪しいやつと揉み合いになり、その結果、相手が死亡したと……」

「ええ、そうです」

「それは、何時頃のことかわかるか？」

栄次郎はかぶりを振った。

「時間なんて気にしている余裕はありませんでした。ですから、覚えていません」

「あたりは暗かったか？　それともまだ明るかったか？」

「それが……」

栄次郎は、眉をひそめた。「どうだったか、ほとんど覚えていないんです。暗かったような気がするし、まだ明るかったような気もします」

この言葉には、ある程度信憑性《しんぴょうせい》があると、岡崎は思った。すっかり動転してしまった者は、記憶が極めて曖昧になる。

葦名警部の質問が続いた。

「そのとき、他に誰かいなかったのか？」

栄次郎が聞き返した。

「誰か……？」

「殺害された男の仲間とか……」

「いえ、やつは一人でした」

「何か言っていたか？」

「お鯉さんに天誅《てんちゅう》を下すと……。何も悪いことをしていないのに、天誅とは何事ですか。あっしは、絶対にそいつは許せないと思いました」

「それで、殺害したのか？」

「殺そうと考えたわけじゃないんです。ただ、お鯉さんに仇《あだ》を為《な》すなんて許せねえと思いましたけど……」

「短刀はどうしたんだ？」

「え……？　短刀……？」

「相手を刺した短刀だ」

「覚えてません。この屋敷から逃げる途中にどこかに捨てたのだと思います」

「裏口から出て崖を下り、畑に隠れているところを、井上子爵のご子息に保護されたのだな？」

「はい。子爵のお屋敷に連れていっていただきました」

「では、短刀はその途中にあるということだな？」

「よく覚えていません」

葦名警部は腕組をした。しばらく考えていたが、やがて彼は荒木に言った。

「質問はあるか？」

荒木が栄次郎に言った。

「いったい、いつあんたはその男と出会ったんだろうね？」

「へ……？」

栄次郎がぽかんとした顔を荒木に向ける。荒木は言った。

「俺はね、ちゃんと覚えているんだ。この家を囲んでいた群衆が、暴徒となって家になだれ込んできたのが午後六時三十分だ。それから葦名警部が、お鯉さんを守れという命令を出し、葦名警部と俺、そして、岡崎巡査が奥の間にやってきた。そのとき、あんたがお鯉さんに、自害などやめるようにと説得しているのを見た。いいかい？　それまで俺たちは一度もあんたの姿を見ていない。あんたは、お鯉さんたちとずっといっしょに奥の間にいたんじゃないのか？　だったら、男を殺害することなんてできないじゃないか」

栄次郎はこたえた。

「あっしは、警察の皆さんがいらっしゃる前に、この部屋を出て居間に行っています。そのときに男と出会ったんです。それからすぐにあっしはお鯉さんのところに戻りました」

荒木が言った。

「返り血は？」

「返り血？」

「人を斬《き》ったり刺したりしたら、返り血を浴びるもんなんだ。俺たちが奥の部屋にやってきたとき、あんたの着物には血なんぞついてはいなかった」

「暗くて見えなかったんじゃないですか？　あのとき、あっしは黒っぽい着物を着ていましたし……」

たしかに黒っぽい着物を着ていた。さらに、彼は普段、植木職人らしく半纏《はんてん》を着ていた。それも黒だった。

荒木が言った。

「たしかに、暗かったし、黒い着物だと血は目立たない」

「そうでしょう。警察の皆さんが気づかなかっただけです」

荒木が西小路を見て言った。

「あんたは、ずっと奥の間にいたんだったな。栄次郎さんもいっしょだったんだろう?」

そうだ。西小路がいっしょだったと言えば、栄次郎は殺人犯ではあり得ないということになる。岡崎はそう思い、西小路の顔を見た。

西小路は即答しなかった。「うーん」とうなってから、彼は言った。

「実は、僕はずっと奥の間にいたわけじゃないんだ。お鯉さんたちを守らなければならないという使命を感じていたのでね。部屋を出て群衆の様子をうかがったりしていた」

「そう言えば……」

岡崎は思い出しながら言った。「暴徒に囲まれて我々が外から家の中に入り、さらに奥に向かおうとしたとき、廊下であんたに会ったんだったな」

西小路がうなずいた。

「そう。そのときも部屋を出て、外の様子をうかがっていたんだ」

栄次郎が言った。

「そう。探偵さんが部屋を出なすったあと、すぐにあっしも様子を見ようと居間のほうに向かったんです」

荒木が葦名警部の顔を見た。

それを受けて、葦名警部が西小路に言った。

「君は、部屋の外で栄次郎さんの姿を見かけてはいないのか？」

西小路は肩をすくめた。

「見ていませんね。外のことばかり気にしていましたからね」

それから、葦名警部はしばらく考え込んでいた。やがて彼は言った。

「縄を打て」

岡崎はその命令を意外に思った。

「え……。栄次郎さんに縄ですか？」

「殺人を自白したのだ。嫌疑者ということだから、縄を打つのが警察官の当然の務めだ」

いち早く動いたのは、岩井だった。彼は情に篤《あつ》いが、仕事となると非情になることもできるのだ。

岡崎はそれに手を貸した。後ろ手に手首を縛り、さらに胴体に縄を回した。

その様子を見届けると、葦名警部は言った。

「久坂と岩井は、嫌疑者が逃げぬようにここで見張っていてくれ。ほかの者は、縁側まで来てくれ」

葦名警察官だけでなく、西小路や藤田もやってきた。喜子までついてきたが、それについて葦名警部は何も言わなかった。

縁側に一同が集まると、葦名警部が言った。

「さて、栄次郎さんの言い分だが、どう思う?」

最初に発言したのは、荒木だった。

「どうもこうもありませんよ。なんであんなことを言いだしたのかわかりませんが、犯行は無理でしょう」

葦名警部が岡崎に言った。

「おまえはどう思う?」

「私も、栄次郎さんの犯行だと考えるには無理があると思います。栄次郎さんは部屋を離れたと言っていますが、もしそれが本当だとしても、一人でいた時間は短すぎます」

葦名警部が思案顔で言った。

「荒木が言ったとおり、群衆が暴徒となって家に迫ってきたので、午後六時三十分頃に、我々は外から家の中に入った。そのときに西小路君に廊下で会い、いっしょに奥の間に行った。すると、栄次郎さんがお鯉さんに、自害などするなと説得をしていた……。そういうことだったな」

岡崎はこたえた。

「おっしゃるとおりです」

岡崎の記憶に照らして、それは間違いなかった。葦名警部が言う。

「その後、栄次郎さんは裏口から出て崖を下るまで、ずっと我々といっしょにいた。つまり犯行は不可能というわけだ。なのに、どうして自分がやったなどと主張しているのだろう」

そのとき、西小路が言った。

「いや、犯行は決して不可能じゃありませんよ」

一同は西小路に注目した。彼は世間話でもするような軽い口調で言った。

「僕が部屋を離れたのは、葦名警部たちと廊下で会うずいぶん前のことです。栄次郎さんは、僕が部屋を出てからすぐに自分も出たと言いました。だとしたら、五分以上、いやもしかしたら十分近く、彼は一人でいたのかもしれません。そのときに、侵入者と遭遇したら、彼が言ったとおりになる可能性は充分にあると思いますね」

荒木がしかめ面をする。

「おい、一般人は黙っていてくれ」

西小路が言った。

「大切なことを指摘したんです」

葦名警部が西小路に言った。

「君が部屋を出てから私たちに会うまで、どれくらいの時間があったのだ？」

「ですから、十分くらいです」

「それだとたしかに、栄次郎さんも最大で十分ほど一人でいた可能性がある」

西小路が言った。

「それに、出会い頭の出来事だとしたら、それほどの時間はかからないはずです」

荒木が言う。

「もし、栄次郎さんが言うとおり、相手が持っていた短刀を取り上げて刺したのだとしたら、二人はかなり揉み合っていたことになる」

西小路が言った。

「それでもそれほどの時間はかからんさ。君は、揉み合っていたと言ったが、一分も揉み合っていたら互いに息が上がってしまうよ」

「その点については……」

藤田が言った。「西小路さんが言われたとおりでしょうね。殺し合いというのは、たいてい一瞬で決まります。もつれて揉み合いになったとしても、長くて三分ほどでしょう」

西小路が得意げな顔で言った。

「ほらね。ですから、五分もあれば栄次郎さんには犯行は可能だったということです」

岡崎は今までのやりとりを頭の中で検証していた。最初は、不可能だと思われていた栄次郎の犯行が、時間的には可能だということが理解できた。

「しかし……」

荒木が言った。「返り血の件はどうなる？」

西小路がこたえる。

「それも、栄次郎さんが言ったとおりなんじゃないですか？　彼は、黒っぽい着物を着ていましたし、六時三十分となると、かなり暗い。それに、僕は思い出したんです」

「思い出した？　何を？」

「奥の間にいるとき、栄次郎さんは半纏を着ていませんでした。でも、いつの間にか、半纏を着ていたのです。返り血を隠すために半纏を着たんじゃないでしょうか」

荒木が眉をひそめた。

「半纏……？」

葦名警部が言った。

「半纏については、私は覚えていない。それは確かか？」

西小路がこたえる。

「間違いないですよ」

葦名警部が一同を見回した。

「誰か、それについて覚えている者はいるか？」

岡崎はなんとか思い出そうとした。たしかに西小路が言うとおり、栄次郎は半纏を着たり脱いだりしていた気がする。だが、岡崎は、お鯉や栄次郎たちが裏口から出ていくときの姿を見ていない。

一度、奥の間にやってきた岡崎と荒木は、縁側のほうで物が壊される音がしたので、再び奥の間を出て縁側のほうに向かった。それが午後六時五十分頃のことだ。そこに藤田が現れたのだ。

そして、岡崎、荒木、藤田の三人は奥の間に戻る。それが午後七時頃のことで、そのときすでに、お鯉や栄次郎たちの姿はなかった。

お鯉に「自害するな」と言っていたとき、栄次郎は半纏を着ていなかったのだろうか……。

岡崎は必死に考えたが、どうしても思い出せなかった。そのとき、栄次郎ではなくお鯉に注目していたからだろう。

誰も何も言わないので、葦名警部が言った。

「では、それについては、本人に訊いてみよう」

西小路が肩をすくめる。

「ああ、それがいいですね」

葦名警部が西小路に尋ねる。

「では、君は栄次郎さんが殺したと考えているのだね?」

「そうじゃありません。その可能性は否定できないと言っているんです。これでも探偵ですからね。事実をちゃんと見極めることはできますよ。どこかの巡査は、知り合いだから殺しなどやるはずがないと思いたがっているようですがね」

荒木が言った。

「ふざけるなよ。こちとら、捜査の専門家なんだ」

西小路が薄笑いを浮かべている。

葦名警部が荒木に言った。

「どうなんだ？　西小路君が言ったとおりなのか？」

「冗談じゃありません。たしかに、栄次郎さんとは比較的親しくしておりました。でも、だからといって、捜査に手心を加える気などありません。本当に、栄次郎さんには人を殺すだけの時間がなかったと考えたのです」

「わかった。それならいい」

つづけて、葦名警部が言った。「さて、栄次郎さんの身柄だが、本来なら所轄に移送すべきなんだろうが……」

荒木が言った。

「赤坂署はきっと市内騒擾の件で大騒ぎでしょうね」

「そうだろうな。おそらく赤坂署管内でも交番を焼かれたのだろう。本庁に連れていきたいが、おそらく市内はまだ混乱しているはずだ。警官の制服姿で歩くのは危険だ」

荒木が言った。

「私が連行しましょうか？　制服を着ていませんし……」

葦名警部がかぶりを振る。

「制服でなくても、角袖《かくそで》だ。雰囲気で刑事だということが、わかる者にはわかる。危険なので許可はできない」

「では、どうします？」

葦名警部は、しばらく考えてから言った。

「さて……。また軍隊に頼むわけにはいかないだろうな……。ともかく、ここから動けないのだ」

藤田が言った。

「どこに身柄を拘束するかは、それほど問題ではありません。問題なのは、本当に犯人なのかどうかということです」

葦名警部はうなずいた。

「そうですね。栄次郎が言っていることが本当かどうかを確認する必要があります。まずは凶器ですね。裏口から井上子爵邸までを隈《くま》なく調べて、凶器がないかどうか確認しなければなりません」

それは巡査の仕事だ。

今日も天気がよく暑そうだ。炎天下に、制服姿で凶器を探さなければならない。岡崎は、その仕事を始める前に、すでにうんざりとした気分になっていた。

14

裏口を出て、凶器の探索を始めたのは、午前十一時頃だった。それから、休みなく二時間ほど作業を続けた。

嫌疑者である栄次郎は、葦名警部と藤田が監視をしている。喜子も部屋に残っていた。巡査たちは全員、凶器探索を行っていた。

昼を過ぎると、案の定気温が上がり、岡崎は汗を流していた。裏口の周辺からは凶器は見つからない。

久坂が言った。

「裏口には俺と岩井がいたからなあ……。短刀など落としていったら、気づいたはずだ」

岩井が言う。

「そうだ。このあたりにはないと思う」

荒木が言った。

「念には念を入れねえとな」

久坂が言う。

「崖の下に下りてみよう」

荒木がそれにこたえた。

「ずいぶんと急な崖だ。栄次郎さんが縄ばしごを用意したということだが、なるほどお鯉さんがここを下るのは無理だろう」

岡崎は尋ねた。

「その縄ばしごはどうした？」

その質問にこたえたのは、久坂だった。

「丸めて物置に放《ほう》り込んである。暴徒が後を追うといけないと思ったんでな」

荒木が言う。

「早くそれを持ってこいよ。崖を下ろうぜ」

久坂が物置小屋に向かった。その姿を眼で追いながら、岡崎は言った。

「この崖を下ると、井上子爵の地所なのだろう？　勝手に入って捜査をしていいのかな……」

「何を言ってるんだ」

荒木が言う。「殺人の捜査だぞ。いいも悪いもねえだろう」

久坂が縄ばしごを下ろした。端は庭木の幹に縛りつけてある。

「ちょっと言わせてもらうがね」

そう言ったのは、西小路だ。「探偵の僕がどうして巡査の仕事なんかをやらなけりゃならないんだ？」

荒木がこたえる。

「役に立つと自分で言ってたじゃねえか。だったら、役に立ってもらおう」

「人相描きを作っただろう。それで充分に役に立ったはずだ。こういう仕事は性に合わない」

「俺たちだって、性に合ってやってるわけじゃねえんだ。さあ、行くぞ」

西小路は、ぶつぶつ言いながらも巡査たちについてきた。崖の下はすぐ畑になっている。

井上子爵の畑だ。

五人で徹底的に調べるには、畑は広すぎるように、岡崎には思えた。だが、やらなければならない。それが仕事だ。

捜索を続けながら、久坂が言った。

「なんだか、あたりは静かだな。暴動はもう収まったんじゃないのか？」

岡崎は手を止めずに言う。

「藤田さんがおっしゃるには、まだまだ収束したわけじゃなさそうだ」

「でも、藤田さんだって判断を誤ることはあるだろう」

それに対して、岩井が言った。

「藤田さんに限って、間違いなどあり得ない。京都の動乱、戊辰《ぼしん》の役《えき》、西南《せいなん》の役で戦い、警視庁でも活躍なさったんだ。判断を誤ることなど、あり得ない」

荒木は苦笑を浮かべた。「またか」という顔だ。

岡崎は東北出身なので、彼の気持ちは充分に理解できる。だが、荒木たちにしてみれば、あまり関わりたくない事柄なのかもしれない。

そのとき、西小路が言った。

「僕も藤田さんは間違っていないと思うね」

荒木が尋ねる。

「じゃあ、あんたはまだ暴動は続くと考えているのか?」

「もちろん、すぐにでも終わってほしいよ。早く家に帰りたいし……。でもね、民衆が溜め込んだ鬱憤《うっぷん》は、まだ晴れちゃいないでしょう」

岡崎は言った。

「講和条約に対する不満は、たしかにわかるが……」

西小路がしたり顔で言う。

「それだけじゃないんだよ」

岡崎は思わず聞き返した。

「それだけじゃない……?」

「そう。民衆はただ単に講和条約に不満だっただけじゃない。積もり積もった不満があるんだ。日露《にちろ》戦争の戦費を捻出《ねんしゅつ》するためだと言われて、庶民は長い間どんどん上がる税金に苦しんでいた。苦しい生活の怨《うら》みがあるのさ」

「ふん……」

荒木が言う。「あんたに庶民の苦しみがわかるのかい」

「どんな身分だろうと、不景気の影響は受けるし、重税は苦しいものだよ」

岡崎は痛む腰を伸ばし、額の汗をぬぐった。

「短刀など見つからないな……」

荒木が言う。

「まだ畑は半分近く残っているぞ」

西小路が言った。

「五人だけで探索というのが、そもそも無理なんだよ」

「今は、俺たちだけでやらなけりゃならないんだよ。これが警察官の仕事だ」

「僕は警察官じゃないんだよ」

「いいから口じゃなくて、手を動かすんだよ」

それからさらに一時間ほど捜索を続けたが、凶器は見つからなかった。

岡崎は暑さと空腹で音を上げそうになった。朝、握り飯を食べたきりなのだ。

そのとき、喜子の声が聞こえてきた。岡崎は崖の上を見て言った。

「お嬢さんは何を言ってるんだ？」

久坂がこたえた。

「昼ご飯だと言ってるぞ。また、井上子爵のお屋敷から炊き出しがあったんじゃないか」

「やれやれ……」

西小路が言った。「ようやくこのひどい扱いから解放されるのか」

巡査たちは、縄ばしごを上り、裏口に向かった。そこに喜子がいた。

「わあ、泥だらけじゃないですか。井戸で手と顔だけでも洗ってきてください」

言われたとおりに、手と顔を洗うだけで、気分がさっぱりとした。ひどく汗をかいていたので、水をたっぷりと飲んで生き返ったような気がした。

「朝と同じく、縁側におにぎりを用意してあるので、召し上がってください」

喜子にそう言われて、岡崎は尋ねた。

「葦名警部と藤田さんは？」

「先に召し上がりました。栄次郎さんもね」

「葦名警部はどちらに？」

「奥の間にいらっしゃいます」

岡崎は巡査たちに言った。

「俺が報告に行くから、先に縁側に行ってくれ」

岡崎が一人で奥の間に行くと、葦名警部と藤田が栄次郎と話をしている様子だった。縄は解かれていた。食事をするためだろうと、岡崎は思った。

「報告いたします」

戸口で岡崎がそう言うと、葦名警部がうなずいた。岡崎は続けて言った。

「裏口周辺、崖の周辺、そして崖の下の畑を捜索しましたが、今のところ、凶器は発見されておりません。昼食のために、巡査一同撤収してまいりました」

「ごくろう。再び、井上子爵から差し入れをいただいた。いただきなさい」

「はっ。ありがたくいただきます」

「半纏だがな」

「はい」

「栄次郎さんは、着物に返り血を浴びたが、それを半纏で隠していたと言うんだ」

岡崎は栄次郎を見た。

葦名警部が栄次郎に言った。

「再度訊くが、それに相違ないな？」

栄次郎が強くうなずいて言った。

「間違いありません。あっしは、返り血を隠すのに半纏を使ったんです」

葦名警部が岡崎に言った。

「それをみんなに伝えてくれ」

「おいおい……」

すでに握り飯を頬張っていた荒木が、岡崎の話を聞いて言った。「それじゃ、西小路が言ったとおりになっちまうじゃないか」

同様に握り飯を食べながら、西小路が言う。

「それの何が悪いんだ。僕の記憶に間違いはないよ」

「けどな……」

荒木が言った。「どうも、栄次郎さんが嘘《うそ》をついているような気がするんだ」

「おかしな話だな」

久坂が言う。「普通は、罪に問われるのを逃れようとして嘘をつくじゃないか。だけど、もし栄次郎さんが嘘をついているとしたら、逆だ」

「まったくだ」

荒木が言う。「訳がわからん」

岡崎は、握り飯を食べながら、彼らの話を聞いていた。荒木が言うとおり、訳がわからなかった。

殺人を自白したはいいが、その証言はどうもいい加減だ。西小路は時間的には可能だと言うが、岡崎は無理があるように思っていた。

もし、栄次郎の証言どおりに、裏口から井上子爵邸に至る経路のどこかに短刀でも落ちていたら、自白の信憑性は高まる。つまり、彼の嫌疑が深まるということだ。

だが、凶器は見つからない。そうなると、栄次郎の犯行を裏付けるものはなくなる。

返り血を隠すために半纏を着たと言ったが、それで隠せるものだろうか……。

西小路が言った。

「自白しているのだから、それでいいじゃないか。君たちはどうして栄次郎さんの言うことを信じようとしないんだ？」

荒木がそれにこたえる。

「私立探偵と違って、俺たちには責任というものがあるんだよ。無実の人を罪に問うわけにはいかねえんだ」

「私立探偵が無責任だというのは、失敬な話だな」

食事を終えて、そろそろ捜索の現場に戻ろうというとき、赤坂署の大野警部が部下を一人連れてやってきた。

巡査たちは皆立ち上がった。大野警部が言った。

「葦名警部は、どこだ？」

岡崎はこたえた。

「すぐに呼んで参ります」

奥の間に葦名警部を呼びにいった。

縁側まで出てきた葦名警部が、大野警部に言った。

「どうしました？」

「また出動です。そのついでに、様子を見てこいと署長に言われまして……」

「出動……？」

「昼過ぎから、また日比谷公園とその周辺に人々が集まりはじめたのです。時を追うごとに人数が増え、群衆は大通りを移動する気配だというのです」

岡崎はその話を聞いても、それほど驚かなかった。藤田の予想を聞いていたからだ。

葦名警部が言った。

「また交番が焼かれるのでしょうか」

大野警部は顔をしかめた。

「いやあ、市街地の交番はあらかた焼かれてしまいましたからなあ。別のものが標的になるかもしれません」

「別のもの……」

「昨夜、お茶《ちゃ》の水《みず》のニコライ堂が焼かれそうになりました」

岡崎は、あっと思った。

ニコライ堂はロシア正教の教会だ。日露戦争の戦後処理に不満を持つ群衆は、当然のことながら、ロシアに敵対心を燃やしつづける。ニコライ堂は恰好《かっこう》の標的だ。

葦名警部が尋ねた。

「それで、どうなりました？」

「警察官と軍隊合わせて百名ほどで守りました。宣教師ニコライに、避難するように警告しましたが、彼はそれを断って、ずっと教会にいたということです」

「つまり、ニコライは立派な人だということですね」

「ニコライ堂だけではなく、すべてのキリスト教の教会が標的になるかもしれないのです」

なぜ、キリスト教会が……。岡崎は理由がわからなかった。

葦名警部が大野警部に尋ねた。

「それはまた、どうしてです？」

「つい先ほどのことです。浅草《あさくさ》公園で日本人牧師が余計な説教をしましてな」

「余計な説教？」

「昨夜の暴動を非難した上で、こんなことを言ったのです。ロシアが戦争に負けたにもかかわらず、樺太《からふと》の一部を失っただけであり、償金の支払いを免れたのは、キリスト教を信じる国だからだ、と……」

「愚かなことを……」

「それを聞いていた民衆は激高し、投石を始めました。その瞬間に、民衆の中で、ニコライ堂だけではなく、他のキリスト教会もロシアと結び付いたのです。ですから、市中の警察署はすべて厳戒態勢です」

「状況は、だいたいわかりました」

「それで、殺人事件のほうは……？」

「罪を自白した者がおります」

大野警部の目が大きく見開かれた。

「おお、それではすでに事件解決ですな」

「そう言いたいところなのですが……」

「何です？　何か問題でも？」

「自白の裏付けが取れません」

「裏付け……」

大野警部が表情を曇らせる。「どういうことですかな？」

「まず、その者の証言どおりの場所から凶器が発見できません」

「なるほど……」

「さらに、状況から見て本人の犯行と考えるには無理がある点がいくつかあります」

大野警部が咳払《せきばら》いをした。

「しかし、自白しているのでしょう」

「そうです」

「ならばそれでいいではないですか。いいですか？　市内では大勢の死者が出ています。ここでの死者もそれらの一人と考えることもできたわけです。むしろ、それが望ましいとわが署は考えておりました。しかし、警視庁が捜査されるというので、お任せしたわけです。そして、ある者から自白を取り付けたわけですね？　それならば、それで一件落着とすべきでしょう。今は非常時なんです。警察署はどこも手一杯なのですよ」

「それが恐ろしいのです」

葦名警部の言葉に、大野警部はぽかんとした顔になった。

「は……？　それというのは……？」

「非常時だから、手一杯だから……。そう言って、事実がないがしろにされることが、です」

「いや、私は何も、ないがしろにしているわけではなく……」

「人が死ぬのには、それぞれ理由があるはずです。それを、暴動だからと、一緒くたにしていいはずがありません。警官のサーベルで斬られた者もいるでしょう。投石を受けた者もいるでしょう。火事の被害にあった者もいるでしょう。ましてや、ここにあった遺体には、刺し傷があったのです」

「ですから、一緒くたにしているわけではなく、捜査をお願いしたわけではないですか」

大野警部は、葦名警部の反論にあって、たじたじになった。葦名警部がさらに言った。

「なお、調べが必要。私はそう判断しました」

大野警部はうなずいた。

「わかりました。署長にはそう報告しておきます。では、私らはこれで……」

「ごくろうさまです」

大野警部とその部下が去っていくと、葦名警部が言った。

「引き続き、凶器を探してくれ」

巡査たちは、声をそろえて「はい」と返事をした。

畑をいくら探し回っても、凶器は発見されなかった。

結果が出ないと、疲労だけが残る。岡崎はほとほと疲れ果てていた。いや、岡崎だけではない。巡査たち全員、そして西小路は疲労困憊《こんぱい》の様子だ。

荒木が岡崎に言った。

「おまえ、警部に報告してこいよ」

むなしい結果を報告に行くのは、誰だって嫌なものだ。岡崎は言った。

「おまえ、角袖だろう。おまえが行けよ」

「そういうのは、優等生のおまえの役目なんだよ」

この言葉に岡崎は、むっとした。いつもなら気にならないのかもしれないが、疲れているとこらえ性がなくなる。

「俺は優等生なんかじゃない。そういう皮肉はやめてくれ」

「皮肉なんかじゃないさ。おまえは上司の顔色をうかがう優等生さ」

その言葉は衝撃だった。自分は荒木からそんなふうに思われていたのか……。

もしかしたら、他の仲間もそう思っているのだろうか。岡崎は、久坂や岩井の顔を見た。

久坂が笑い出した。

「たった四人の班で、優等生も劣等生もあるもんか」

岩井が言う。

「そうだ。岡崎が優等生なら、俺だって優等生だよ」

西小路があきれた顔で言った。

「どうでもいいんだがね。もうじき日が暮れる。報告するなら、早いほうがいいんじゃないのか」

荒木が言った。

「だから、誰が報告に行くかという話をしているんじゃないか」

「全員で行けばいいじゃないか」

巡査たちは顔を見合わせた。

久坂が言った。

「じゃあ、みんなで行くとするか」

一同は奥の間に向かった。

栄次郎の証言の裏付けが取れない。それでも彼は自分がやったと言い張るのだろうか。

そして、それはなぜなのだろう。

岡崎はそんなことを考えていた。

15

「そうか、わかった」

巡査たちの報告を聞くと、葦名警部はそう言った。

巡査全員と西小路が顔をそろえて奥の部屋に向かったのだが、結局、報告をしたのは岡崎だった。

凶器が発見されなかったという報告を聞いても、葦名警部はまったく表情を変えなかった。それを予期していたようだと、岡崎は思った。

奥の部屋には、葦名警部、栄次郎、藤田、そして喜子がいる。

巡査たちは廊下に立ったまま、葦名警部からの指示を待った。

「午後五時過ぎか……」

葦名警部が言った。「では、今日の午前中にやろうとしていたことを実行しよう。お鯉さんに話を聞きに行くのだ。荒木と岡崎が行ってくれ」

荒木がこたえた。

「がってんです」

喜子が言った。

「私も同行することになっていましたよね」

すると、藤田が言う。

「……となれば、私もごいっしょすることになります」

葦名警部が藤田に言った。

「お嬢さんは、今日も井上子爵邸にお泊まりですか？」

藤田がうなずく。

「市内の安全が確認されるまで、へたに動けません」

「わかりました。では、井上子爵邸に行くなとは言えません」

西小路が言った。

「人相描きを忘れないでくれよ」

荒木がこたえる。

「わかっている」

岡崎たちが部屋を離れようとすると、栄次郎が言った。

「あっしがやったと申し上げているんです。お鯉さんに会いに行くことはないでしょう」

葦名警部がそれにこたえる。

「できるだけ多くの人から話を聞く。それが警察の調べというものだ」

葦名警部が目配せをしたので、岡崎たちはその場を離れた。

栄次郎の声が聞こえてきた。

「あ、待っておくんなさい。お鯉さんは関係ないんだ」

日が暮れかかっている。

外に出ると、なんだかきな臭い気がした。またどこかで何かが燃やされているのかもしれない。それとも、昨夜の名残だろうか。

荒木が言った。

「空気がぴりぴりしているな。また一波乱、ありそうだ」

岡崎は驚いて言った。

「え、そんなことを感じるのか？」

「そりゃあ、デカだからな……」

岡崎は藤田に尋ねた。

「どう思われます？」

藤田は低い声でこたえた。

「荒木さんがおっしゃるとおりだと思います」

「では、また暴動になると……」

「日が暮れたら、また群衆が暴れるかもしれません」

いつまで騒擾は続くのだろう。岡崎がふと押し黙ると、荒木が言いにくそうに言った。

「さっきは悪かったな……」

岡崎は聞き返した。

「さっき……？　何のことだ？」

「つまらんことを言った」

岡崎のことを優等生だと言ったことだろう。

「別に気にしてはいない」

本当は、少しばかり気にしていた。だが、あの時は、誰もが苛立《いらだ》っていた。普通なら荒木もあんなことは言わないはずだ。

それきり、二人はその話をしなかった。

井上子爵邸を訪ねると、女中が出てきた。今朝握り飯を届けてくれた女中たちの一人で、見たところ年齢は四十代だ。

制服姿の岡崎を見ると、彼女は言った。

「おや、巡査さんですか。何のご用でしょう」

「すいません。お鯉さんにお話をうかがいたくて参りました」

「あら……。六時から夕食ですのよ。旦那《だんな》様は時間に厳しい方ですので、その時間は動かせません」

岡崎は時計を見た。五時二十分だ。四十分ほど時間がある。

「夕食までの時間でけっこうです」

「少々お待ちください」

女中が奥に引っ込み、たっぷり五分ほど待たされた。

「お入りください。ご案内いたします」

一行は履き物を脱いで上がった。案内されたのは応接室のようだった。白い布をかぶせたソファが並んでいる。

立って待っていると、そこに短髪の井上勝子爵が現れ、岡崎たちは恐縮した。

井上子爵が言った。

「お鯉さんに何か訊《き》きたいそうだな？」

岡崎と荒木は顔を見合った。ここは角袖の荒木の出番だ。

「はい。まずは人相描きを見ていただきたいと存じまして……」

「何の人相描きだ？」

「お鯉さんのご自宅で、死人が出ました。刺し傷があり、我々は殺人だと考えております。その被害者の人相描きです」

「なんと、殺人だと……」

「はい。お食事前のこんな時間に押しかけまして、申し訳ないとは存じますが……」

「それはいい。ところで、どうして喜子さんがここにいるんだ？」

喜子がこたえる。

「成り行きですわ」

「まだ探偵ゴッコを続けているのか」

「まあ、そんなところです」

藤田には声をかけない。

「わかった。呼んでこよう」

井上子爵が姿を消して、さらに三分ほど過ぎた。

子爵がお鯉を連れて戻ってきた。本当はお鯉だけに話を聞きたかったのだが、子爵に対して外してくれとは言えない。

井上子爵が言った。

「まあ、みんな掛けてくれ」

井上子爵がソファに腰を下ろすと、隣にお鯉が座った。

岡崎たち四人も着席する。荒木がお鯉の正面だった。

「まず、これを見てください」

荒木がそう言って人相描きをテーブルの上に置いた。お鯉はそれを見下ろした。

「これは何でしょう？」

荒木は質問にこたえず、さらに続けた。

「この男に見覚えはありませんか？」

お鯉は、人相描きを手に取った。しばらく眺めてからこたえた。

「知らない男ですね」

「昨日、この男に会いませんでしたか？」

お鯉は怪訝そうな顔で荒木を見た。

「私はずっと奥の間におりました。それから、こちらに避難させていただきましたので、そんな男には会っておりません」

「裏口から家を出る前に、奥の間をお出になりませんでしたか？」

「出ておりません」

「厠《かわや》にも……？」

「そりゃあ、厠くらいは行きましたが、誰にも会っていません」

「栄次郎さんですが……」

「栄次郎……？」

「ええ。昨日の午後六時半頃のことです。群衆がお宅に侵入してきたとき、彼は奥の部屋から出て、居間のほうに行ったと証言しているのですが、それは本当でしょうか？」

「いいえ。午後六時半頃、暴徒が家に押し寄せてから、逃げ出すまで、栄次郎はずっと私の側《そば》におりました」

「その前に、部屋を出たことは……？」

お鯉はしばらく考えてからこたえた。

「そう言えば、探偵さんが様子を見にいくと言って、部屋を出た後、それを追うように栄次郎も出ていきました。外の様子が気になって、じっとしていられなかったのでしょう」

その点は栄次郎が述べたことと一致しているのだが……。

荒木が尋ねた。

「それから……？」

「すぐに戻ってきました」

「そのときの、栄次郎さんの着物を覚えておいでですか？」

「着物……？」

「ええ。どんな着物を着ていたか……」

「たしか、黒っぽい両子持縞《りょうこもちじま》でしたね」

「半纏は着ていましたか？」

「着ていませんでした」

「確かですか？」

「ええ。裏口から出るときに羽織ったんです。昨日も暑かったですからね。それまでは脱いでいました」

荒木は岡崎を見た。

お鯉の口調は自信に満ちている。岡崎は尋ねた。

「栄次郎さんの着物に染みのようなものはありませんでしたか？」

「染み……？」

「ええ」

「気づきませんでした」

返り血なら、ずいぶんと大きな染みになるはずだ。気づかないはずはない。

岡崎は念を押した。

「間違いありませんね」

「間違いありません」

すると、喜子が言った。

「お鯉さんは着物に関しては、言わば専門家よ。間違えるはずはないわ」

そのとおりかもしれないと、岡崎は思った。

ならば、栄次郎の証言とおおいに食い違うことになる。

荒木が言った。

「暴徒が家に侵入してきたとき、栄次郎さんは、あなたといっしょだったのですね？」

「ええ。いっしょでした」

「裏口から逃げ出し、崖を縄ばしごで下りたのですね？」

「そうです」

「そのときも、栄次郎さんはいっしょでしたか？」

「いっしょでした。畑に潜んでいるところを、井上子爵のご子息の亥六さんに見つけられて、この家に匿《かくま》っていただきました」

荒木は腕組をした。すると、お鯉が尋ねた。

「栄次郎が何をしたとおっしゃるんです？　その人相描きの男は何者ですか？」

どうやら、井上子爵から話を聞いていないようだ。荒木が言った。

「殺人がありました」

お鯉が眉をひそめる。

「殺人……？」

「はい。その人相描きは、被害者です」

「それで、栄次郎が何を……」

「自分がやったと言い張っています」

お鯉が言葉を失った。何を言っていいのかわからないのだろう。

井上子爵が言った。

「なら、その男が犯人なのだろう。なぜ、わざわざ訪ねてきて、お鯉さんに質問をしているんだ？」

荒木が言った。

「ご迷惑をおかけして、申し訳ありません。実は、栄次郎が犯行について語ったことと、今のお鯉さんのお話は、一致しないところがあるんです」

「一致しないところ……？　どこだ？」

「それは、秘密です」

井上子爵が顔をしかめる。

「それでは話にならんな。すまんが、そろそろ夕食の時間だ」

荒木が言う。

「わかりました。それでは、おいとまします。ただ、その前に一つだけうかがいたいことがありまして……」

お鯉が聞き返す。

「訊きたいこと？　どんなことですか？」

「栄次郎さんが、この男を殺したとお思いですか？」

「そんなはずはありません」

「じゃあ、どうして彼はそんなことを言い張っているのでしょう」

「さあ……。私にはわかりません」

本当に困惑している様子だった。

岡崎は、お鯉の腹がどれだけすわっているか、昨日、目の当たりにした。彼女は、多少のことには動じないはずだ。

そのお鯉が戸惑っている。本当に心当たりがないに違いないと、岡崎は思った。

井上子爵が言った。

「さあ、食事の時間だ。そうだ、あなたがたもどうかね？」

「いいえ。夕食をごちそうになるなんて、滅相もない」

荒木が言った。「そう言えば、炊き出しのお礼も申し上げておりませんでした。本当に助かりました。ありがとうございました」

「警察に協力するのは、当然のことだよ。さて、喜子さんは、いっしょにいらっしゃい」

「はい」

井上子爵が立ち上がると、お鯉と喜子がそれにならった。そして、三人は部屋を出ていった。

岡崎が荒木に尋ねた。

「どういうことだと思う？」

「二人の言っていることが食い違っていることについてか？」

「ああ、そうだ」

「決まってるだろう。どちらかが嘘をついているんだ」

「どっちが？」

「お鯉さんが嘘をつく理由はない」

「そうだなあ……」

岡崎は考えた。「だとしたら、栄次郎さんが嘘をついていることになるが……」

「そうだろうよ」

荒木が言う。「栄次郎さんが人を殺しているわけがない」

そのとき、藤田が言った。

「両方が嘘をついていることも考えられます」

岡崎は驚いて藤田を見た。

荒木が質問する。

「なぜそう思われるのですか？」

藤田がこたえる。

「そう思っているわけではありません。それもあり得ると申しているだけです。ただ……」

「ただ……？」

「私には、お鯉さんが嘘をついているようには見えませんでしたが……」

「ええと……」

岡崎は、考えながら言った。「栄次郎さんは、自分がやったと言っています。それが嘘だとしたら、彼はやっていないということになります」

荒木が言った。

「だから、俺はそう言ってるだろう」

岡崎は荒木に言った。

「お鯉さんは、栄次郎さんが犯人ではないと言っている。本気でそう思っている様子だったよな？」

「本気でしょうね」

藤田が言った。「評判どおり、お鯉さんは真っ直《ま》ぐ《す》な気性のようですね」

荒木が言った。

「とにかく、戻ろう。葦名警部に報告だ」

お鯉の家に戻ると、煮炊きの匂《にお》いがしていた。

岡崎が台所をのぞくと、岩井と久坂、そして西小路がカマドの前にいた。岡崎は尋ねた。

「夕食の用意か？」

久坂がこたえた。

「ああ。お鯉さんの米や味噌《みそ》を使わせてもらった。また井上子爵のお世話になるわけにはいかないのでな」

ちゃんと夕食にありつけるとわかり、岡崎の気分がなごんだ。普段はそれほど気にしていないが、食事というのは大切なものだと思った。

藤田、荒木とともに岡崎が奥の間に行くと、葦名警部が栄次郎を見張っていた。栄次郎は縛られてはおらず、あぐらをかいてうつむいている。

正座をした葦名警部が、腕組をしてその栄次郎を見つめていた。

葦名警部が戸口のほうを向いて言った。

「お鯉さんには会えたのか？」

その言葉に、栄次郎が反応した。はっと顔を上げたのだ。

荒木がこたえた。

「はい。お目にかかり、人相描きを見ていただきました」

「そうか」

すると藤田が言った。

「見張りを代わります」

栄次郎の前で報告するわけにはいかない。場所を変えて葦名警部に話をするための気づかいだ。

「恐れ入ります。それではお願いします」

そう言うと、葦名警部は立ち上がった。部屋を出ると、縁側に向かったので、岡崎と荒木はそれについていった。

破損した雨戸や塀の一部がまだ散らかっているが、すでに家を取り囲む群衆の姿はない。赤坂署の大野警部は、昼過ぎからまた群衆が集まっていると言っていたが、このあたりは静かだった。

縁側に腰を下ろすと、葦名警部が言った。

「さて、話を聞こうか」

岡崎と荒木はその脇《わき》に立ったままだった。荒木がお鯉の証言を報告すると、葦名警部は腕を組んで言った。

「なるほどな……」

荒木がさらに言う。

「栄次郎さんと言っていることが食い違っているんですが……」

「まあ、そんなこともあろうとは思っていた」

「どちらかが嘘をついているということですよね」

「そうだな」

「藤田さんは、お鯉さんが嘘を言ってるようには見えないとおっしゃっていましたが……」

「ほう……」

そう言って、葦名警部は考え込んだ。

荒木が言う。

「自分には、栄次郎さんが嘘を言う理由がわからないんですが……」

葦名警部がこたえた。

「そうかな。理由は明らかだと思うが……」

その言葉に、岡崎と荒木は顔を見合わせていた。

そのとき、久坂がやってきて告げた。

「夕食の用意ができました」

葦名警部が言った。

「今夜も何があるかわからない。今のうちに飯を食っておこう」

16

奥の間にちゃぶ台を二つ置き、全員でそれを囲んだ。夕食と言ってもたいした惣菜《そうざい》があるわけではない。飯と大根の味噌汁《みそしる》。それにタクアンだけだ。

それでも食卓で、温かい食事ができるのはありがたかった。

荒木が西小路に言った。

「育ちがいいから、こんな粗末な食事じゃ満足できないだろうな」

「ばかを言っちゃいけない。僕は食べ物のありがたさを知っているんだ。白いご飯をいただけるだけで感謝しているよ」

「台所にいたが、炊事などできるのか？」

それにこたえたのは、久坂だった。

「あー、役に立ったとは言い難いな。俺《おれ》たちのやることを興味深げに眺めていただけだ」

西小路が言う。

「僕は、君たちを監督していたんだよ」

岩井が言った。

「口の減らないやつだ。まあ、邪魔しなかっただけよしとするか」

こんな軽口が出るのも、落ち着いて夕食をとれたおかげで気分がよくなっているからだろうと、岡崎は思った。

食事が終わると、葦名警部が言った。

「家の周りを警戒するついでに、少し片づけてくれ」

岡崎たち巡査は、手分けをして散らばった雨戸や塀の破片、割れた硝子《ガラス》、陶器の欠片《かけら》などの片づけを始めた。

作業を続けながら岡崎は、先ほどの葦名警部の一言が気になっていた。栄次郎が嘘《うそ》を言う理由がわからないと、荒木が言ったとき、葦名警部は「理由は明らかだと思う」と言った。

岡崎にとっては、ちっとも明らかなどではなかった。

すっかりあたりが暗くなる頃《ころ》、あらかた片づけも終わった。

奥の間に戻ろうとしていると、玄関で誰かの声がする。応対に出た岡崎は仰天した。

「鳥居部長……」

「おう、みんな無事かい」

「お……、お待ちください。ただ今、葦名警部を……」

岡崎は奥の間に飛んでいき、葦名警部に知らせた。さすがの葦名警部も驚いた様子だった。

「部長が……？」

葦名警部が玄関に向かい、岡崎はそれを追った。

「おう、葦名。殺人の捜査はどうだい」

「進めております。部長はどうしてこちらへ……」

いつしか巡査たちが全員やってきて、気をつけをしている。

鳥居部長が葦名警部の質問にこたえた。

「いやあ、警備の責任者ってのは、気の安まる暇がなくってね。少し気晴らしがしたくって足をのばしたんだ」

「とにかく、お上がりください」

「そうだな」

鳥居部長は靴を脱いで上がった。葦名警部は奥の間に部長を案内する。巡査は、ぞろぞろとそれについていった。

鳥居部長はまず、藤田を見て言った。

「これはこれは、ご老人。今回も警察へのご協力、感謝いたします」

「お邪魔にならなければよいのですが……」

次は、西小路だった。

「探偵さんも、ありがとうよ」

「いえいえ、どういたしまして」

それから、鳥居部長は栄次郎に眼《め》を移した。

「この人が嫌疑者の栄次郎さんかい」

葦名警部が「はい」とこたえる。

「短刀か何かで一突きだったそうだな」

「そうです」

「その短刀だか何だかは、見つかったのかい」

「いえ。嫌疑者の供述に基づいて捜索しましたが、見つかりませんでした」

「ちょっと話をさせてもらっていいかい？」

「我々は外しましょうか？」

「いや、いてもらってかまわねえよ。なあ、栄次郎さんとやら」

栄次郎は顔を上げたが何も言わない。鳥居部長が続けて言う。

「殺しがあったわけだが、あんたがやったのかい？」

栄次郎が言った。

「はい、そのとおりです」

「ふうん……。どうして刺したんだい？」

「いや、それは……。あっしは無我夢中だったんです。賊が侵入してきて、あっしはお鯉さんを守らなけりゃならねえと……」

「そいつが刃物を持っていたんだね？」

「……で、その刃物を取り上げて刺した、と……」

「はい……」

「はい、さようで……」

「怪我《けが》はしなかったのかい？」

「は……？」

栄次郎はきょとんとした顔で鳥居部長を見た。

「刃物を持った相手と揉《も》み合いになったんだろう？　そしてその刃物を取り上げたんだ。どこかに傷くらい負いそうなものだ」

「傷ですか……」

「ねえ、藤田さん。どう思います？」

藤田がこたえる。

「そう。無傷では済まないでしょうね」

鳥居部長はうなずいた。

「俺たちは武術の心得がある。それでも、素手で刃物を持った相手に立ち向かったら、必ずどこか怪我をすると思う。あんた、何か武術をやりなさるのかい？」

栄次郎はこたえた。

「いえ……。でも、喧嘩《けんか》には自信があります」

「いやあ、そういう問題じゃねえんだけどな……。まあ、いいや。もう一つ、訊《き》かせてくんねえ」

「はい……」

「どうして刃物を抜いたんだね？」

栄次郎はまたしてもぽかんと鳥居部長を見つめる。

「刃物を抜いた……？」

「そう。ホトケさんに刃物は刺さっていなかった。誰《だれ》かが抜いたんだ。他の者が抜いたとは考えにくいから、あんたが抜いたんだろう。それはどうしてだい？」

「いや……、どうしてと言われても……」

「はずみで刺しちまった場合はね、たいていは刃物を抜かねえで刺しっぱなしなんだ。自分の得物なら抜いて持ち帰るだろうが、そうじゃねえんだろう？」

「覚えておりません」

栄次郎は顔を伏せた。「なにしろ、先ほども申しましたように、無我夢中でしたので……」

「そうだろうねえ」

鳥居部長がそう言ったとき、電話が鳴った。葦名警部が電話に出るために居間に行った。そして、すぐに戻って来ると、鳥居部長に告げた。

「服部課長からです」

「やれやれ……。課長はどこにいても追いかけてくるな……」

部長が居間に向かった。居間にはまだ異臭が漂っているはずだ。だが、戻ってきたときに鳥居部長はそのことには触れなかった。おそらく、遺体などには慣れっこなのだろうと、岡崎は思った。

「日比谷《ひびや》あたりにできた群衆が、電車を焼いたそうだ。そして、大通りを移動しはじめた。俺は警視庁に戻らなくちゃならねえ」

葦名警部が聞き返す。

「群衆が電車を……？」

「ああ。こんなことは前代未聞だな……」

鳥居部長が玄関に向かう。葦名警部がそれを追った。岡崎たち巡査もそれに続く。

葦名警部が尋ねた。

「ここから、どうやって警視庁まで戻られるのですか？」

「自動車で来ているから、心配ねえよ」

鳥居部長は靴をはきながら言った。「殺人の捜査のほうはよろしく頼むよ。遺体の身元についちゃ、警視庁のほうでも調べている。何かわかったら教えるよ」

「お願いします」

鳥居部長は立ち上がった。

「栄次郎さんは、やってないね」

葦名警部がうなずいた。

「ええ、そうですね」

この会話を聞いて、岡崎は荒木の顔を見た。荒木は、勝ち誇ったような表情だった。

「じゃあな」

鳥居部長が玄関を出ていった。巡査たちが慌てて靴をはいて見送りに出ようとすると、部長の声が聞こえてきた。

「ああ、見送りなんかいいから、そこにいろ」

やがて、自動車のエンジン音が聞こえてきた。それが遠ざかっていく。

荒木が葦名警部に言った。

「やっぱり、栄次郎さんはやっていないんですね」

葦名警部がうなずいた。

「部長がおっしゃるのだから、間違いないだろう」

荒木が言う。

「では、どうして自分がやった、なんて言ってるんでしょう」

「そりゃあ、誰かをかばっているんだろう」

「その誰かというのは、いったい誰でしょう」

「お鯉さんだろう。そして、お鯉さんも栄次郎さんをかばおうとしている」

あ、そういうことかと、岡崎は思った。

荒木が言った。

「栄次郎さんが嘘をつく理由ってのは、お鯉さんをかばうためなんですね？」

葦名警部がうなずいた。

「問題は、なぜお鯉さんをかばおうとするか、だ。栄次郎さんは、お鯉さんの代わりに罪をかぶろうとしているわけだ。それはつまり、お鯉さんが人を殺したと考えているからだろう」

「そういうことになりますね」

「なぜそんなことを思ったのだろう。それを聞き出したい。それまで、栄次郎さんを放免にするわけにはいかない」

「そうですね」

葦名警部は踵《きびす》を返し、奥の間に戻っていった。岡崎たちはまたしてもそのあとを追う。

奥の間で、栄次郎と向かい合うと、葦名警部は言った。

「これ以上、あなたの嘘に付き合っているわけにはいきません」

栄次郎は驚いた顔で葦名警部を見た。葦名警部の言葉が続く。

「あなたは、お鯉さんをかばおうとして、自分が殺人をした、などと言っているのだろうが、それが嘘なのは明らかです」

「嘘なんかじゃない。どうして信じてくれないんです」

「状況を見れば、あなたがあの被害者を刺していないことがわかるからです。あなたは返り血も浴びていないし、どこにも傷がない。刃物を持った賊と揉み合いになったとは思えないのです」

「返り血は浴びました。それを半纏《はんてん》で隠していたと申し上げたでしょう」

「お鯉さんが証言したんです。昨日あなたがこの部屋にいるとき、半纏は着ていなかったと……。あなたは裏口から出るときに、半纏を羽織ったのだとお鯉さんはおっしゃいました」

「いや、それはお鯉さんが間違っていなさるんだ」

荒木が言った。

「お鯉さんは、着物についてはずいぶんと気をつかう方だ。専門家と言っていい。人が着ているものを間違えるはずがないんだよ」

「いや、だから、それは……」

そこまで言って、栄次郎は力を失ったように背を丸めて、下を向いた。

葦名警部が言った。

「あなたは何か思い違いをしています」

栄次郎は顔を上げた。

「思い違い？」

「そう。お鯉さんが人を殺したと考えているようだが、それは間違いだ」

栄次郎の口が徐々に開いていく。呆《ほう》けたような表情になって、葦名警部を見つめていた。

葦名警部の言葉が続く。

「あなたが人を殺したと考えるには無理があります。同様に、お鯉さんも状況から見て殺人を犯したとは思えないんです」

栄次郎は、まだぽかんとした顔をしている。

「よく考えてみてください。群衆が侵入してくる頃から、裏口を出るときまで、あなたはずっとお鯉さんの姿を見ていたはずです。お鯉さんに人を殺す時間がありましたか？」

「いや、しかし……」

栄次郎が言った。「短刀が……」

「短刀がどうしました？」

栄次郎は「しまった」というふうに横を向いた。

葦名警部が追及する。

「短刀がどうしたんです？」

栄次郎は、横を向いたまま、何事かしきりに考えている様子だ。

葦名警部がもう一度尋ねた。

「短刀がどうしたのですか？」

栄次郎が視線を葦名警部に戻してこたえた。

「お鯉さんは、桂総理からいただいた短刀を身に着けておいでででした。だから、短刀と聞いて、あっしはてっきり……」

「それだけのことで、お鯉さんがやったと思い込んだわけですか」

栄次郎はすがるような顔で言った。

「本当に、お鯉さんがやったんじゃないんですね？」

「やっていない。考えればわかることです。いったい、いつお鯉さんが人を殺せたというのです」

栄次郎はじっと葦名警部を見つめていたが、やがてがっくりと全身から力を抜いた。

それまでじっと成り行きを見守っていた西小路が言った。

「やれやれ、とんだ勘違いだ。早合点にも程がある」

それに対して荒木が言った。

「栄次郎さんがやった疑いもあると言ったのは、あんたじゃないか」

「僕はね、やったことも考え得ると言っただけだ。探偵だからね、いろいろ考えるさ」

「おかげで俺たちは、混乱しちまったじゃねえか」

「おや、それはつまり、僕の推理を本気で考えてくれたということだね」

荒木はふてくされたように言った。

「言われりゃ気になるさ……」

葦名警部が言った。

「考えられることを、一つ一つ消していかなければならない。それが捜査というものだ」

荒木が葦名警部に尋ねた。

「お鯉さんの短刀を、あらためさせてもらいましょうか？」

栄次郎が驚いた顔で言った。

「それは、お鯉さんを疑っているということじゃないんですか？」

葦名警部が荒木に言った。

「その必要はない。お鯉さんの犯行は不可能だったのだ」

久坂が尋ねた。

「……で、栄次郎さんは、どうしますか？」

葦名警部は言った。

「放免だ」

栄次郎がどうしていいかわからない様子で言った。

「あ、あの……。それは、もうおとがめなしということですか？」

「そうです」

葦名警部が言った。「お帰りいただいてけっこうです」

栄次郎は、周囲を見回した。巡査全員に、藤田、西小路もその場にいる。彼はうろたえた様子で言った。

「申し訳ございません。嘘を言って、皆さまを惑わせてしまいました」

西小路が言った。

「見くびってもらっては困りますね。僕たちは惑わされてなどいませんでしたよ」

荒木が言った。

「それ、あんたの言うことじゃないよ」

栄次郎が居ずまいを正して言った。

「帰ってもいいとのおおせですが、お鯉さんのことが心配だ。このままここにいさせてもらうわけにはいきませんか」

葦名警部は、腕を組んでしばらく考えていた。その場の全員が葦名警部に注目している。

やがて、彼は言った。

「放免だというのに、残りたいと言う。なんとも、もの好きですね」

「じゃあ、お許しいただけるんで？」

「あなたは自由の身ですから、好きにしてください」

栄次郎は手をついた。

「ありがとうございます」

「その代わり、いろいろと手伝ってもらいますよ」

「任せてください。片づけや飯炊きも、みなさんよりうまくできると思います」

そうだろうなと、岡崎は思った。

「さて」

西小路が言った。「これで、捜査は振りだしに戻ったわけですね」

葦名警部がうなずいた。

「部長たちが被害者の身元を調べているとのことだから、きっと何かわかるに違いない」

西小路が思案顔になる。

「壮士風というのが、どうも気になります」

いったい、何をどうやって調べればいいのだろう。岡崎が途方に暮れる思いでいると、
岩井が言った。

「あれ……。半鐘の音じゃないか……」

たしかに、彼の言うとおりだ。岡崎は葦名警部に言った。

「外を見てきます」

「私も行こう」

結局、全員が表に出た。

夜空の一部が赤く染まっている。また火の手が上がっているのだ。

葦名警部がつぶやいた。

「日比谷の方角だな……」

それにこたえて荒木が言う。

「電車を焼いたやつらがいると、部長がおっしゃっていましたが、その動きが膨れあがっ
ているようですね」

荒木や藤田が言うとおりになった。この騒ぎは、いったいどこに行き着くのか。

岡崎はそんな思いで、赤い空の方角を見つめていた。

17

岡崎と久坂は、お鯉の家の周囲を巡回していた。葦名警部の指示で、井上子爵邸の周囲も巡回することになっていたので、そちらに足を向けようとしたとき、久坂が言った。

「何だか、火の手が近くなってきているような気がする」

午後九時頃のことだ。岡崎は、炎で明るくなっている空を見て言った。

「あれは、赤坂《あかさか》御用地のほうじゃないか……」

「まさか、いくら暴徒でも御用地に火を掛けるようなことはしないだろう。火の手はもっと向こうだ。たぶん、四谷《よつや》あたりか……」

「電車が焼かれているということだったたな。だとしたら、四谷見附《みつけ》じゃないか」

「ともあれ……」

久坂は相変わらずののんびりとした口調で言った。「このあたりは平穏だ。お鯉さんの家を取り囲む者たちもいなくなった」

「そうだな」

こいつはいつもこの調子だ。度を失ったりすることはないのだろうか。それに引き換え、俺は何事にも右往左往してしまう。そんなことを思いながら、岡崎は言った。「俺たちは、いつまでここにいなければならないのだろう」

「騒擾《そうじょう》が収まるまでじゃないのか？」

「お鯉さんは、留守なんだ。俺たちは空っぽの家を守っているだけじゃないか」

「おかげで、こうしてのんびりできているじゃないか。暴徒鎮圧に駆り出されている連中はたいへんだぞ。何よりたいへんなのは、その指揮を執られている鳥居部長だ」

「それはわかるんだが……」

そんなたいへんなときに、こんなところにいていいのだろうか。岡崎はつい、そんなふうに考えてしまう。

「それにな」

久坂が言う。「俺たちには、新たな任務が与えられた。殺人の捜査だ」

「ここに縛りつけられていたんじゃ、ろくに捜査もできないじゃないか」

久坂が苦笑する。

「あれこれと、文句の多いやつだな」

「いや、文句を言っているわけじゃないんだ。おまえも言ったとおり、この騒擾の間、たいへんな思いをしている同僚がたくさんいる。なのに、俺たちは何もしていない。それが心苦しいんだ」

久坂はぽかんとした顔になる。

「何もしていないわけじゃない。ちゃんとお鯉さんをお守りしたし、凶器の捜索とか、殺人の捜査もやっているじゃないか」

「成果が上がっていないからなあ……」

「捜査は焦ってもだめさ」

遠くから、民衆が騒ぐ声がかすかに聞こえてくる。

岡崎は、再び四谷の方向を見た。空が赤い。

「騒ぎは続いているようだな」

その言葉に、久坂がこたえた。

「ああ、そうらしいな。だが、このあたりには、もう暴徒はやってこないようだ。だから、俺たちは安全だ」

「おまえのその、物事のいい面しか見ない性格は、本当にうらやましいと思う」

「物事のいい面しか見ない、か……。そうでもないんだけどな」

二人は、広い井上子爵邸の周囲を一回りして、お鯉の家に引きあげた。異常のないことを、葦名警部に告げに行くと、警部は電話に出ていた。

電話のある居間には、荒木と岩井の姿があった。他の者は、奥の間にいるようだ。

岡崎は何事だろうと思って、荒木の顔を見た。荒木は、かぶりを振った。彼も、どういう電話か知らないという意味だ。

やがて、葦名警部が電話を切った。

巡査たちが説明を待つ様子で、葦名警部を見つめていたので、彼は言った。

「服部課長からだ。例の人相描《にんそうが》きを持って、内田良平宅に行くように、とのことだ」

荒木が反応した。

「黒龍会《こくりゅうかい》の内田ですか？」

「そうだ。黒龍会の事務所兼内田の自宅が、芝区《しば》西久保《にしくぼ》巴町《ともえちょう》にある。ここからそう遠くない」

荒木が尋ねる。

「それで、自分らが行くことになったわけですか」

「我々は、この殺人事件を担当しているからな」

「どうしてまた、黒龍会に……？」

「被害者が壮士風なので、政治結社などを当たっているのだ」

「それで、いつ訪ねるのです？　明日ですか？」

「これから、すぐに行く」

すでに、午後九時を回っているが、殺人の捜査に時間は関係ない。

「それで……」

岡崎は尋ねた。「誰が行きますか？」

「なにせ、黒龍会の事務所だ。会員が詰めているかもしれない。全員で行こう」

玄洋社《げんようしゃ》の海外実働部隊と言われている黒龍会だ。会員は皆武道の心得があるとも言われている。

日本のために、危険をも顧みず大陸で活動する連中で、味方と考えればきわめて頼もしいが、敵に回すと恐ろしい。

葦名警部も警戒しているのだ。

その葦名警部が言った。

「さて、出かけるか。人相描きを忘れるな」


黒龍会の事務所兼内田良平の自宅は、きわめて普通の二階建ての家だった。一階に『黒龍会』という立派な墨跡の看板がかけてある。

その脇《わき》に、内田良平の表札があった。

荒木が、「ごめんください」と言いながら、玄関の戸を叩《たた》いた。

すぐに、着流しに羽織という壮士風の出《い》で立《た》ちの男が出てきた。

「何者だ？」

「警視庁の者だ」

「警視庁？　何用か？」

「内田良平氏にうかがいたいことがある」

「会頭に訊きたいことというのは何だ？」

荒木が振り向いて、葦名警部を見た。

葦名警部が男に言った。

「それは、内田良平氏に直接申し上げる」

「こんな夜分に失礼であろう」

葦名警部が平然とこたえる。

「殺人事件の捜査なので、ご容赦願いたい」

「殺人事件……?」

「そう。お時間は取らせない」

男はしばらく考えていたが、やがて言った。

「待っておれ」

中に引っ込んだきり、なかなか出てこなかった。

荒木が痺《しび》れを切らした様子で言った。

「踏み込みましょうか?」

「まあ、待て……」

葦名警部がそう言ったとき、男が戻ってきて告げた。

「会頭がお会いになる。こちらへ……」

岡崎たちは、二階に案内された。

畳の間に椅子《いす》があり、そこに口髭《くちひげ》をたくわえたたくましい男が座っていた。彼が言った。

「内田良平だ」

「警視庁の葦名と申します」

すさまじい迫力だと思いながら、岡崎はそのやり取りを聞いていた。何より、内田の眼の力がすごい。睨《にら》まれるだけで、身がすくみそうだ。

よく鍛錬された体は、ただ座っているだけで威圧感があった。

その内田が姿勢も表情も変えずに言った。

「殺人事件だということだな。なぜ、私のところに来た？」

葦名警部がこたえる。

「被害者が壮士風でしたので、いろいろな団体の方にお話をうかがっています。よろしければ、人相描きを見ていただきたいのですが……」

「人相描き？」

葦名警部の目配せで、岡崎が取り出した。

「これです」

内田がちらりと岡崎を見た。やはり恐ろしい眼だった。内田は紙を受け取り、眺めた。

「こんな男は知らない」と言うに違いないと、岡崎は思っていた。捜査というのは空振りの連続なのだ。

内田は、人相描きから眼を上げ、葦名警部に言った。

「被害者はどこにいる？」

「遺体がどこにあるか、という意味ですか？」

「どこにいる？」

「警視庁に安置しております」

「会いにいこう」

「今からですか？」

「何か不都合があるか？」

「暴徒による騒擾です。今市内を移動するのは危険でしょう」

「群衆がただ騒いでいるだけだ。何の危険があるものか。馬車を都合するから、しばらく待ってくれ」

なるほど、大陸で、ロシア兵を相手に大暴れしただけのことはある。彼は、このくらいの騒動など恐ろしくはないのだろう。

葦名警部が言った。

「わかりました」

「巡査たちも、同行するのか？」

葦名警部は、四人の巡査を見回してから言った。

「岡崎と荒木はいっしょに来てくれ。久坂と岩井は榎坂《えのきざか》の家に戻るんだ」

「榎坂？」

内田が尋ねた。「それは、お鯉の家のことか？」

葦名警部がうなずいた。

「殺人はそこで起きました」

「ほう……」

内田はそうつぶやいてから、さらに言った。「では、警視庁に行くのは四人だな。ならば、馬車一台で何とかなるだろう。下で待っていてくれ」

一階には、机が並んでおり、事務所として使われているのがわかる。そこには、夜だというのに、大勢の男たちがいた。真剣な表情で何事か話し合っている。

どうやら、市内騒擾についての沙汰《さた》を見聞きして収集しているらしい。

岡崎は、そっと荒木に言った。

「騒擾と黒龍会は、何か関係があるのかな……」

荒木は、しっと唇に人差し指を立てて見せた。

「ここでする話じゃないだろう」

男たちの動きはてきぱきとしていて、まるで軍隊のようだと、岡崎は思った。

やがて馬車がやってきたという知らせがあり、内田が二階から下りてきた。すると、一階にいた男たちは、その場で気をつけをした。

「警視庁に行ってくる」

内田はそれだけ言うと外に出た。警察官たちもそれに続いた。家の前に馬車が着いており、御者が扉を開けて待っていた。

内田が一番先に乗り込む。葦名警部が久坂と岩井に言った。

「では、あとのことをよろしく頼む」

「はい。事情を、藤田さんらにお伝えしてよろしいですね？」

「伝えてくれ」

葦名警部が乗り込んだ。内田の隣の席だった。荒木が葦名警部の向かい側の席に座ったので、岡崎は内田と向かい合って座ることになった。

緊張したが、馬車が出発すると、内田はずっと窓から外を見ていたので、話をすることもなかった。

葦名警部も無言だった。

どこかで暴徒に遭遇するのではないかと、岡崎は密《ひそ》かに恐れていたが、それは杞憂《きゆう》だった。

西久保巴町の内田邸から鍛冶橋《かじばし》の警視庁まで、通常ならば日比谷を経由する大通りを行く。だが、馬車は何度か角を曲がり、裏通りを進んだ。

おそらく、大通りにはまだ暴徒がいるのだろう。御者は、騒ぎのない通りを選んで進んでいるのだ。

やがて、馬車は警視庁に着いた。

服部課長が、葦名警部一行を出迎えた。

「こちらは……？」

「黒龍会の内田良平会頭だ」

「なんと……」

服部課長が目を丸くして、鳥居部長のもとに飛んでいった。鳥居部長は席を立ち、近づいてきて言った。

「わざわざのお運び、痛み入ります」

内田が言った。

「殺人の被害者がここにいると聞いて来た」

「霊安室に安置しております」

「拝見しよう」

鳥居部長が大声で言った。

「誰か、カンテラを持ってきてくんな」

明かりを入手すると、鳥居部長自らが先頭に立って案内をした。

「こちらです」

霊安室はひどい臭《にお》いだった。だが、鳥居部長はやはり平気な様子だ。

「腐敗が進んできたので、身元がわからぬまま荼毘《だび》に付そうかと思っていたところでした」

内田はやはり、激しい死臭にも動じない。死体など、彼にとっては珍しいものではないのだろうと、岡崎は思った。

遺体には白い布が被《かぶ》せられていた。荒木がそれをめくり、岡崎がカンテラで遺体の顔を照らした。

内田良平は、遺体の顔を見つめた。その眼がぎらりと光るのを、岡崎は見た。

内田が視線を動かさずに言った。

「わが会の津脇高彦《つわきたかひこ》と申す者に、間違いない」

鳥居部長が言った。

「ずいぶん人相が変わっていると思いますが、相違ありませんか？」

「骸《むくろ》だとて、人相を間違えることはない。大陸で遺体検分は経験している」

「そうでしょうな。失礼いたしました」

「遺体は、わが会で引き取りたいが、よろしいか？」

「もちろんです。手配いたします」

「津脇の両親は山口におりますので、連絡しよう。あとのことは、お任せいただきたい」

「それは、おおいに助かります。ところで……」

鳥居部長は、間を取った。内田が鳥居部長の顔を見た。鳥居部長はひるむ様子もなく、続けて言った。

「どうして、黒龍会の会員の方が、お鯉さんの屋敷にいらして、そこで亡くなられたのか……。そのへんのことについて、お話をうかがいたいのですが……」

岡崎は、ひやひやしていた。仲間の遺体の前だ。「こんな時に」と、怒りだすのではないかと思ったのだ。

だが、内田は落ち着いていた。

「私も不思議に思う。話をするのは、望むところだが、よろしいのか？」

「よろしいか、とは……？」

「鳥居部長は、市内の警備の責任者と聞いている。いまだ、市内の騒擾は収まってはいない。手が放せないのではないか？」

「警視庁の事情をよくご存じですね」

「知ることが力なのだ。我々はそういう世界で生きている」

「恐れ入りました。しかし、せっかくおいでいただいたのですから、お話をうかがうのが先決と存じます。私の判断が必要な事態が起きれば、伝令が飛んで参ります」

「わかった」

内田は、津脇高彦の顔を再び見つめて言った。「手の者に、仏を迎えに来させる。電話を拝借したい」

鳥居部長はうなずいて言った。

「こちらへどうぞ」

電話を終えた内田良平を応接室に案内すると、鳥居部長が言った。

「部下たちを同席させてもよろしいでしょうか」

内田はうなずいた。

「そちらのよろしいように……」

葦名警部が鳥居部長の隣に座る。鳥居部長が、部屋の外にいる岡崎と荒木に声をかけた。

「おめえたちも、入《へえ》んな」

岡崎は、まさか自分たちが呼ばれるとは思わなかったので、慌てた。言われるとおりにするしかない。

岡崎と荒木は部屋に入ると、ドアを閉め、その前に並んで立った。

鳥居部長が内田に言った。

「お互い、忙しい身です。前置きなどなしにうかがいます。津脇さんは、どうしてお鯉さんの家におられたのでしょう？」

内田は即座にこたえた。

「わからん」

「あなたの指示ではなかったのですね？」

「そんな指示は出していない」

「では、どうして津脇さんがあそこにいたのか、その理由に何か心当たりはありませんか？」

「ない」

「どんなことでもいいんです。我々は手がかりがほしいんです」

「その前に……」

内田がうなるように言った。「遺体が発見された経緯を知りたい」

鳥居部長が葦名警部を見た。

葦名警部は、説明を始めた。遺体を発見したのが、西小路であること、致命傷は短刀のような刃物による刺し傷であること、暴徒が家に侵入したときに、いっしょに侵入して、被害にあったらしいことなどを告げた。

話を聞き終わると、内田が葦名警部に尋ねた。

「嫌疑者はおらんのか?」

「一人おりました。家に出入りしている植木職人の栄次郎という男です」

「植木職人の栄次郎?」

「自ら殺害を認めたのですが、それは、お鯉さんをかばうための嘘で、栄次郎は無罪だということがわかりました」

「お鯉をかばうとは、どういうことだ?」

「お鯉さんは、桂首相からいただいた短刀をお持ちでした。栄次郎は、その短刀で津脇さんが殺害されたのだと、早とちりしたのです」

「本当にその栄次郎という男が下手人のわけではないのだな?」

その質問にこたえたのは、鳥居部長だった。

「違います。私が直接話を聞きました。間違いありません」

内田は再びうなずいた。

「その言葉を信じよう」

「さて……」

鳥居部長が言う。「遺体発見のいきさつをお聞きになったところで、あらためてうかがいます。津脇さんが、あそこにいらっしゃった理由に心当たりは……？」

内田はこたえた。

「さっぱりわからん」

18

鳥居部長が、ふうんと溜《た》め息《いき》をついて腕を組んだ。

「質問してよろしいですか？」

葦名警部が尋ねた。

まず、鳥居部長がこたえた。

「もちろんだ」

葦名警部は内田に言った。

「九月四日のことです。桂首相が、玄洋社の頭山満代表に電話をかけられたということですが、何かご存じないでしょうか？」

「どうしてそれを知っている？」

「遺体を発見した西小路という探偵は、西小路伯爵の孫で、その電話の件を西小路伯爵が目撃されたと教えてくれたのです」

「たしかに、首相から頭山代表のところに電話があったと聞いている」

鳥居部長が尋ねる。

「その電話の内容は？」

「私が受けた電話ではないので、内容は知らない」

「まあ、そうでしょうな。でも、知ることが力なのでしょう？」

内田はしばらく無言で鳥居部長を見つめていた。鳥居部長は平然と見返している。岡崎は息が詰まる思いだった。

やがて、内田が言った。

「おおよその内容は知っている」

「お教えいただけませんか？」

「首相は、頭山代表に、騒ぎはいつ収まるのかと質問されたそうだ」

「ほう……」

鳥居部長は眉間《みけん》にしわを刻んだ。「それは、興味深い……。つまり、頭山代表にうかがえば、この騒動がいつ収まるかわかる、ということですか？」

つまり、頭山満代表は、騒動の顚末《てんまつ》をすべて心得ているということだろうか。

「知らん」

内田はただ一言、そう言った。

鳥居部長が言う。

「ならば、私も頭山代表にうかがいたいですな。東京の治安を預かる者として、この騒乱がいつまで続くのか、ぜひとも知りたいところです」

内田が言った。

「私も知りたい」

「騒動の発端となった、日比谷公園の集会の発起人には、あなたもお名前を連ねておられるということですね？」

「そのとおりだ」

「さらに、部下から聞いた話によると、集会の前に、黒龍会の会員の方、つまり、あなたの手下や、玄洋社の人たちを、東京市中のあちらこちらで見かけたというのです」

「姿を見かけたとしても、別に不思議はあるまい」

「やけに眼についたということなんですがね……。日比谷公園の集会前に、市内で何かをなさっていたのではないですか？」

「津脇の殺害についての話ではなかったのか？」

「もしかしたら、市内騒擾が殺害と関係があるのかもしれません」

「騒ぎに巻き込まれて死んだとでも言うのか？　そう言えば、警察官が抜刀して死傷者が出たようだが、津脇もそうした犠牲者の一人だということか？」

鳥居部長はかぶりを振った。

「そうではありません。お鯉さんの自宅で警察官が抜刀してはおりません。それに、津脇さんは、騒ぎに巻き込まれて亡くなったわけじゃない。心臓を一突きですよ。何者かが明確な意思をもって殺害したんです」

「何者が殺害したというのだ？」

「それを突きとめたいんですよ。ご協力いただけませんか」

「もちろん、協力はする。私も、犯人を知りたい」

「私刑は、認めませんよ」

「そんなことはしない」

「先ほどの話ですが……。黒龍会や玄洋社は、この騒動に、どう関《かか》わっておいでなのですか？」

「騒動に関わってなどいない」

「噂《うわさ》を耳にしました」

「どんな噂だ？」

「この騒動は、あなたの予行演習か実験のようなものだ、と……」

「なぜ私が、予行演習などをする必要があるのだ？」

「あなたは、清国《しんこく》の孫文《そんぶん》と親交があり、革命の準備を進めていると言う者もおります」

岡崎は、話の内容に仰天していた。鳥居部長は、この騒動を内田が起こしたと言っているのだ。

内田は顔色一つ変えずにこたえた。

「くだらん噂だ」

「孫文とお親しいのは事実でしょう」

「それは事実だが、騒動とは関係ない」

　鳥居部長はうなずいた。

「わかりました。いや、私も単なる噂だと思っておりました」

「現場を見たいのだが……」

「現場……？」

「津脇が殺害された現場だ」

　鳥居部長が言った。

「もちろん、かまいませんが、もう調べは終わっていますよ」

「証拠を探そうというのではない。津脇が死んだ場所を見ておきたい」

「明朝にでも、誰かに案内させましょう」

「馬車で来ているので、今から向かいたい」

　そのとき、ドアをノックする音がした。伝令がやってきたのだ。

　鳥居部長が言った。

「何事だ？　かまわんから報告しろ」

「は……。暴徒は、四谷見附の交差点で、電車を止めて火を掛けているということです。さらに、浅草、本所《ほんじょ》、下谷《したや》にあるキリスト教会を焼打ちしているとの知らせが入りました」

「わかった」

伝令が姿を消すと、鳥居部長が言った。

「今、市内を移動するのはどうかと思いますが……」

内田がこたえた。

「御者は心得ている」

「では、葦名警部とその手下を同行させます」

やれやれ、また、赤坂榎坂に戻ることになった。岡崎はそんなことを思っていた。

馬車は、警視庁に来たときと同様に、表通りを避けて進み、暴徒と出会うことはなかった。

馬車の中は相変わらず、沈黙している。

孫文とともに革命を起こすための予行演習か実験で、東京で騒動を起こした。鳥居部長のその話が頭から離れなかった。

実際のところ、岡崎は孫文がどういう人なのか、詳しくは知らない。日清戦争の頃から政治活動を始め、武装蜂起《ほうき》を企てたがそれが失敗して日本に亡命したのだという話を聞いたことがある。

頭山や内田と近しいということも知っていたが、まさか、共に謀って革命を計画する関係だとは思わなかった。

いや、内田の言うとおり、単なる噂に過ぎないのかもしれない。

やがて、馬車がお鯉の家の前に着く。葦名警部が内田を居間に案内する。岡崎と荒木も二人のあとについていった。

「こちらです。ここで津脇さんは発見されたのです」

内田は無言で床を見つめている。

しばらくすると、彼は言った。

「心臓を一突きと言ったな……」

葦名警部がこたえた。

「はい。短刀のようなもので……」

「津脇は、長州士族の裔《すえ》で、神道無念流《しんとうむねんりゅう》の使い手だ。暴徒に後れを取るような男ではない」

「部長も申していたように、何者かが明確な意思をもって殺害したのだと思います」

内田はそれから、部屋の中を見回した。

「お鯉がここに住んでいるのだな」

「そうです」

内田がまた部屋を見回した。そのとき、奥の間から藤田がやってきた。

「どなたかおいでですか?」

岡崎がこたえた。

「黒龍会の内田良平会頭です」

「ほう……」

藤田が居間の戸口から中を見た。内田がそちらを見た。

しばらく二人は視線を交わしていた。

内田が葦名警部に尋ねた。

「こちらは……？」

「元警視庁の藤田五郎さんです。現在は女子高等師範学校の庶務をされています」

藤田は丁寧に頭を下げて挨拶《あいさつ》をした。

「お初にお目にかかります」

「はて、藤田五郎……。なぜか聞き覚えが……」

内田はふと思い出したように言った。「もしや、新選組三番隊組長の斎藤一どの……」

藤田がこたえた。

「昔のことでございます。今は名も変え、別人として生きております」

内田は突然、姿勢を正し、深々と頭を下げた。

「これは失礼をいたしました。内田良平と申します。以後、お見知りおきください」

それまでは、この世に怖いものなどないと言いたげな態度だったが、別人のように、腰が低くなった。

大陸で暴れ回る内田にとっても、新選組の斎藤一となれば、別格なのだろう。

内田が不思議そうに言った。

「……で、なぜ、その斎藤殿……、いや、藤田殿がここに……？」

「警視庁の後輩たちの手伝いをしております。市内がこのありさまですから、捜査の手が足りません。こんな年寄りでも役に立つかもしれぬと思いまして」

「藤田殿なら、百人力でしょう」

葦名警部がそれに応じた。

「おっしゃるとおりです」

「それで……」

藤田が内田に尋ねた。「どうして、ここへ……？」

「殺されたのが、うちの会員なのです。長州出身の津脇高彦と申します」

「黒龍会会員……。それはお悔やみ申しあげます」

「痛み入ります」

葦名警部が藤田に言った。

「どうして被害者の津脇さんがここに来たか、内田会頭はご存じないそうです」

「そうですか……」

内田が言った。

「津脇が殺されたのは、暴徒がこの家に侵入してきたときだそうですね？」

藤田がこたえる。

「そうです。その騒ぎに紛れて……」

「心臓を一突きだそうですね」

「そう。鳩尾《みぞおち》から突き上げておりました」

「素人のやり口ではありませんね」

「私もそう思います」

二人のやり取りには、他人が否定できない重みがあった。彼らは、その人生において幾多の人の生き死にに関わってきたのだ。

「葦名警部にも申したことなのですが、津脇は神道無念流の使い手で、おいそれと人の手にかかるようなやつではないのですが……」

「剣術の心得があることは、遺体の様子を拝見してわかっておりました」

「さすがですね……」

「だとしたら、やられる理由があったということです」

「やられる理由……。それは、どういうことです？」

「例えば、油断をしていた、とか……」

「油断……。暴徒と共に、家になだれ込んだときに、ですか？」

「剣術の使い手が、正面から鳩尾を刺されるなど、考えられぬことです。予期せぬことが起きたとしか考えられません」

「予期せぬこと……」

「そうです。例えば、信じていた者に裏切られるとか……」

内田はしばし、無言で藤田を見つめた。葦名警部も同様だった。

藤田は続けて言った。

「誰かと共に行動していて、その者に不意をつかれたら、そういうことになるでしょう」

「たしかに……」

内田が言った。「信頼している者といっしょにいたら、油断して隙《すき》もできる。そして、その者が仕掛けてきたとしたら、予期などしようがありません」

岡崎は、二人の会話を聞いて、またしてもすっかり驚いていた。仲間がいて、それが裏切ったなど、考えたこともなかった。

言われてみると、なるほど理屈に合っていると思う。だが、自分では決して思いつかなかっただろうと、岡崎は思った。

さすがの葦名警部も、意外そうな顔をしている。

「しかし……」

内田が表情を曇らせた。「だとしたら、津脇は誰といっしょだったのでしょう」

「問題はそれでしょう」

「藤田殿は、黒龍会の者だとお考えですか？」

「それも考え得る、と……」

遠慮のない一言だと、岡崎は思った。藤田にしか言えないことだ。

内田は腕組をして考え込んだ。

葦名警部が言った。

「そういうことであれば、黒龍会の方々にお話をうかがわねばなりません」

当然、その言葉に反発するだろうと思ったが、その岡崎の危惧《きぐ》に反して、内田はうなずいた。

「当然、そういうことになろうな。私としても、津脇を殺したのが誰か知りたい。警察には協力する。だが……」

「だが……？」

「いくら殺人事件とはいえ、当会に官憲の手が及ぶのを、無条件に受《う》け容《い》れるわけにはいかない」

黒龍会は政治結社だから、そういうところは微妙だ。内田は、玄洋社の頭山満に通じており、頭山は、桂首相をはじめとする、多くの大物政治家とつながっている。

警察も強くは出られない。

葦名警部が尋ねる。

「どうなさりたい、と……？」

内田はしばらく考えてからこたえた。

「しばらく、私に預けてくれと言いたいが、それでは警察は納得しまいな……」

「おっしゃるとおりです。証拠の隠滅、犯人の隠避などの恐れがありますから……」

「この内田がそんなことをするはずがない、と口で言っても聞かぬだろうな」

「警察というのは、そういうところです」

「理解できぬわけではないが、会の責任者として、たやすく官憲の介入を許すわけにはいかない」

「殺人事件ですから、警察も譲れません」

「さて、これは困った」

内田が本当に困った様子を見せたので、岡崎は意外に思った。先ほど、警視庁では何事にも動じない風格を見せていた。

あのときは、内田も気を張っていたのかもしれない。本来の姿を見せはじめたということなのだろう。

内田がさらに言った。

「津脇を殺した犯人を、一刻も早く知りたいというのは本心だ。そして、官憲にたやすく黒龍会内部を探らせるわけにはいかないというのも事実だ」

そのとき、藤田が言った。

「内田さん自ら、調べてみたいというのが本音でしょう」

内田はこたえた。

「お察しのとおりです」

「では、どうでしょう。私がそのお手伝いをする、というのは……」

「それは、藤田殿が黒龍会内部をお調べになるということですか？」

「あくまでも、内田さんのお手伝いです。私は警察官ではありませんから……」

岡崎と荒木は、葦名警部の顔を見た。葦名警部は、苦慮している様子だ。

内田が言った。

「私に任せてくれと言っても、警察は納得しまい。ならば、藤田殿のお手をお借りするしかないか……」

葦名警部が言った。

「私には判断がつきかねますので、警視庁に電話をいたします」

内田がうなずく。

「いいだろう」

葦名警部は、電話に近づき、受話器を取った。葦名が電話をかけている間、誰も口を開かなかった。

内田は再び、津脇が倒れていた床を見つめていた。藤田は戸口に立ったまま、そんな内田を眺めている。

岡崎と荒木はただ立っているしかなかった。

やがて、電話を切った葦名が言った。

「鳥居部長は、藤田さんがおっしゃるとおりにしてくれと申しております」

「わかった」

内田が言った。「それで、手筈《てはず》はどうする？」

それにこたえたのは藤田だった。

「内田さん次第です。これからすぐに調べはじめるとおっしゃるのなら、同行いたします」

内田はかぶりを振った。

「調べたくても、今夜はさすがにもう無理だ。市内の騒ぎも収まっていない。明日、様子を見てここに使いの者をよこす」

藤田はうなずいた。

「わかりました」

「四谷のあたりが騒がしいようだな」

そう言うと内田は、藤田だけに頭を下げ、居間を出た。そして、そのまま玄関から出ていった。

やがて、馬車が去っていく音が聞こえた。

葦名警部が藤田に言った。

「お手数をおかけすることになりました」

「なに……。私が言いだしたことです」

「学校の仕事もおありでしょう」

「それは何とかいたします」

藤田は話題を変えた。「市内の様子はどうなのでしょう」

「暴徒は四谷あたりで電車を焼いており、浅草、本所、下谷ではキリスト教会が焼打ちにあっているということです」

「明日は雨になりそうです」

藤田のこの言葉に、その場にいた葦名警部、岡崎、荒木は顔を見合わせた。

葦名警部が尋ねた。

「雨が何か……」

藤田がこたえた。

「雨が、暴動を終わらせるかもしれません」

19

内田良平が出ていくと、二人の巡査を見張りに立て、後の者たちは奥の間に集まった。

見張りに立ったのは、岩井と久坂だ。

「まだ四谷のほうが騒がしいですね」

荒木が言った。すると、葦名警部がこたえた。

「おそらく軍隊が出動するだろう。警察の手には負えない」

それを聞いた西小路が言った。

「おや、ずいぶんと弱気なことをおっしゃいますね」

葦名警部が、にこりともせずに言う。

「昨夜から今日の未明にかけて、襲撃された警察署や支署は八ヵ所、焼かれた交番は二百ヵ所にも及ぶ。民衆は警察を眼の仇《かたき》にしている。警察では鎮圧できない」

西小路は言った。

「民衆に対して抜刀した時点で、警察の負けですよね」

岡崎は、悔しかった。警察の権威は揺るぐことはない。これまでそう信じてきたのだ。

それが一気にくつがえされてしまったように感じた。

帝都東京の治安は、警視庁が守ってきた。これからも、ずっとそれが続くのだと思っていたのだ。

それからしばらくして、戒厳令が敷かれたという知らせを受けた。葦名警部が警視庁からの電話を受けたのだ。

荒木が不安げに言った。

「戒厳令ってことは、軍隊が何もかもを仕切るってことですよね。俺たち警察は、もう何もできないということですか？」

葦名警部が言った。

「うろたえるな。戒厳令は東京市内の一部で実行されているだけだし、一時的な措置に過ぎない」

それに対して、荒木が言う。

「申し訳ありません。しかし、本当にだいじょうぶでしょうか」

葦名警部は一言「だいじょうぶだ」と言った。

西小路が言った。

「戒厳令となると、いよいよ身動きが取れませんね」

藤田が言った。

「明日の朝になれば、事態も変わりましょう」

西小路が肩をすくめる。

「……だといいですがね……」

その西小路に、葦名警部が言った。

「鳥居部長が、あなたに頼みがあると言っていたそうだ」

「頼み……？」

「……というより、依頼だろうか」

「ほう。それは探偵としての依頼ですか？」

「そうだ」

「……となれば、断るわけにはいきませんね。どんな依頼です？」

「黒猫《くろねこ》先生とは懇意なのだったな？」

「ああ、小説家の先生ですね。大学で教わったことがありますし、何度かお宅にお邪魔したことがあります」

「黒猫先生をお訪ねして、お話をうかがってきてほしいということだ」

「話……？　何の話です？」

葦名警部はその質問にはこたえず、話を進めた。

「それから、西小路伯爵にもお話をうかがうように、とのことだ」

「祖父に……？　ですから、いったい何を訊けというのです？」

「桂内閣の周辺について……」

「そういうことだな」

「それ、どういうことです？　僕は殺人の捜査の真っ最中なんですよ。市内は戒厳令も出る騒動だし……。そんなときに、政治談義をしてこいと……」

「鳥居部長がおっしゃるからには、捜査の一環なのだろう」

「捜査の一環……？　政治の話を聞いてくることが、殺人の捜査になるんですか？」

「鳥居部長のお考えだ」

「体《てい》よく、僕を追っ払おうっていうんじゃないでしょうね？」

「追っ払いたければ、とうの昔にそうしている」

「何ですか、それは……」

そのとき、藤田が言った。

「殺人事件は、桂首相の愛妾《あいしょう》の家で起きました」

「は……？」

西小路が藤田の顔を見た。藤田が続けた。

「殺されたのは、黒龍会の会員です。そして、その事件は、講和条約に反対する大会に端を発する騒動の中で起きました。充分に政治的と言えるのではないですか？」

「ふうん……」

西小路は考え込んだ。「なるほど、この事件の背後には桂内閣を巡る政治の動きがあるということですか?」

「それを探るのが探偵でしょう」

藤田の言葉に、西小路は言った。

「あ、それはそうですね。わかりました。きっとみんなが驚くようなことを聞き出してきますよ。任せてください」

葦名警部が岡崎に言った。

「そろそろ見張りを交代してくれ」

「はい」

岡崎と荒木は、玄関に向かった。

門の外に久坂と岩井がいた。荒木がその二人に言った。

「なんだ、見回りもせずに、ここでぼうっとしていたのか?」

岩井がむっとした調子でこたえる。

「別にぼうっとしていたわけじゃない」

彼らはどうやら、四谷のほうの空を眺めていたようだ。そちらはすでに暗くなっている。

荒木が言った。

「火が消えたようだな」

久坂がこたえる。

「三十分ほど前から火の手が衰えてきてな……」

「戒厳令が出たそうだ」

久坂と岩井は同時に荒木を見た。岩井が聞き返した。

「戒厳令だって？」

「そうだ。電車焼打ちの鎮圧に、軍隊も出るらしい。警察は形無しだよ」

「形無しって……。警察はもうお役御免というわけか？」

岡崎はあわてて言った。

「いや、そういうことじゃない。荒木はどうも言葉が足りない」

「悪かったな」

「葦名警部によると、戒厳令は一部で行われているだけで、しかも一時的なものだろうということだ」

岡崎の言葉に、岩井はほっとしたように言った。

「なんだ、そういうことか」

岡崎はさらに言った。

「見張りを代わろう。何か変わったことはあったか？」

岩井がこたえる。

「いや。人通りもあまりない。しかしなあ……」

「何だ？」

「市内では騒動が起きているし、ここにも暴徒が押し寄せてきたというのに、喉元《のどもと》過ぎれば何とやらで、近所の人たちはもう普段と変わらない生活を始めているぞ」

荒木が言った。

「世の中、そんなもんだよ。騒動だって、遠くで起きていれば、対岸の火事だ」

岩井が言う。

「庶民というのは、たくましいものだと思ったよ」

久坂と岩井が家の中に入り、岡崎と荒木が門の外に立った。

「たしかに、雲行きが怪しい」

荒木が言った。

「え……？　雲行き？」

岡崎は思わず聞き返していた。

「そうだ。雨になるようだと、藤田さんが言っていただろう」

「そうだったな。雨が暴動を終わらせるというのは、どういうことだろう」

「そのままの意味だろう」

「三日目を迎えようとしている騒動が、雨なんかで収まるのか？」

「俺に訊くなよ。まあ、朝になって雨が降っていればわかるよ」

「そうだな」

岡崎も空を見上げた。月も星もない。暗い夜だ。

それでも、騒動を終わらせるというなら、雨はありがたい。岡崎はそう思っていた。

本当に未明から雨になった。久しぶりの雨で、うっとうしいというより、ありがたかった。

このところ、ずっと残暑が厳しかったので、これで一息つけると、岡崎は思った。雨だからといって監視を怠るわけにはいかない。

赤坂榎坂《えのきざか》のあたりは、もうすっかり静かになっていたが、解除されるまで命令は遂行しなければならない。それが警察官だ。

午前九時頃、電話が鳴り、葦名警部が出た。警視庁からの電話のようだ。

電話を切り、奥の部屋に戻ってきた葦名警部が言った。

「市内の騒動が、すっかり収まってしまったということです」

岡崎は驚いて言った。

「藤田さんがおっしゃったとおりになりましたね」

部屋には、藤田、西小路、葦名警部、荒木、そして岡崎がいる。久坂と岩井は見張りに立っている。栄次郎は深夜にいったん帰宅して、まだ今日は顔を見せていない。

葦名警部が藤田に尋ねた。

「雨が降れば騒動が収まると、どうしておわかりだったのですか？」

「夜に焼打ちをやっていた連中は、昼間に政治集会をやっていた人々とはまた少し違うのではないかと感じていました」

「少し違う？」

「はい。日比谷公園や、内務大臣官邸、国民新聞などで暴れた連中は、政治家や運動家が中心です。一方、夜になって交番や電車を焼打ちしたのは、市井の人々です」

「市井の人々……」

「はい。彼らは踊らされていただけです。普段から不満を抱えていて、それが一気に爆発したのでしょう。だから、頭が冷えればそれまでです」

「雨が群衆の頭を冷やしたのだと……？」

「そういうことです。祭りだって、雨が降れば人が少なくなるでしょう」

「祭りと騒動はいっしょにできません」

「いえ、似たようなものです」

「それで……」

荒木が藤田に尋ねた。「この先はどうなるでしょう？」

藤田はまるで天気の話でもするような淡々とした口調で言った。

「騒動はこれで終わりでしょう」

「本当ですか？」

岡崎は思わず、そう尋ねていた。

藤田は無言でうなずいた。

九月五日、日比谷公園での国民大会に端を発して、丸二日間、足かけ三日にわたり続いた暴動が、あっさりと収束すると言うのだ。

にわかには信じられなかった。

「ただ……」

藤田が言った。華名警部が聞き返した。

「ただ、何でしょう?」

「後片づけがたいへんだと思いましてね……」

「そりゃあ、そうですね」

荒木が言う。「警察はずいぶんと焼かれちまいましたから、建て直さなけりゃあならないし、電車もずいぶんと焼かれたんでしょう。聞けば、教会なんかも焼打ちにあったというし……」

華名警部が言った。

「建物ならば、建て直せばいい」

荒木が華名警部を見た。

「え……。そういうことじゃないんですか?」

「もちろん、町の建て直しも重要だ。だが、もっと大切なのは、人だ」

「人……」

「騒動を画策した者や扇動した者を特定して検挙しなければならない。相手は政治家や運動家だから、なかなか面倒だ。それに……」

「それに……？」

「警察官が庶民に対して抜刀した。それについても詮議《せんぎ》しなければならないだろう」

「はあ、なるほど……。後始末というのは、そういうことですね。でも、我々は殺人の捜査をすればいいんですよね」

「それが、政治的な動きと結び付いているかもしれないと、鳥居部長はお考えなのではないだろうか」

　すると、西小路が言った。

「そこで、僕の登場というわけですね。では、さっそく黒猫先生のところへでも出かけてみましょうか」

　岡崎は言った。

「あらかじめ、お目にかかる約束をしなくてだいじょうぶなのか？」

　相手は有名な文士だ。失礼があってはならない。岡崎はそう考えた。だが、西小路は平気な顔で言った。

「なに、留守なら出直すし、都合が悪いと言われたら、そのときに会談の約束を取り付ければいい。とにかく、行ってくるよ」

　岡崎はさらに言う。

「先生は大学にお出かけなんじゃないのか？」

　西小路がこたえる。

「もしそうなら、大学を訪ねるさ。だがね、この騒動だ。大学を休んでいると思うよ。なにせ、電車が焼かれたんだからねえ」

なるほど西小路の言うとおりだろう。俺は、何でも気にしすぎなのかもしれない。

岡崎はそんなことを思った。

「じゃあ、出かけてくるよ」

西小路がそう言って部屋を出ていった。

荒木が岡崎に言った。

「そろそろ、見張りを交代しよう」

「そうだな」

二人は家から庭に出た。そのとき、栄次郎が立っているのが見えた。

荒木が声をかける。

「栄次郎さん、どうしたんです?」

「ああ、角袖《かくそで》の旦那《だんな》。いえね、縁側や塀を修繕しなければならないが、どこから手を着けたもんかと考えていたんです」

「家の修繕か……。栄次郎さん一人じゃ無理だろう」

「なに、やってやれないことはありませんがね。なにせ、お鯉さんはお立場がありますから、へたな修繕はできません。知り合いの大工に助けてもらおうと思いますが……」

「なるほど、そういうことは職人の栄次郎さんに任せるしかないな。俺たちじゃ、からきし役に立たねえ」

「それくらいのことしかできませんからね。お任せください。二、三日のうちに、もっとましな家にしてみせます」

「それまで俺たちがここにいるかどうかわからない。なにせ、市内の騒動も収まったようだからな」

「ああ、すっかり静かになったようですね」

「朝飯の用意を頼んでいいかい？」

「合点《がってん》です」

岡崎と荒木は、門の外の久坂と岩井のところに行った。岡崎は言った。

「どうやら、市内の騒ぎは鎮まったようだ」

すると、岩井が言った。

「本当に、終わったのだな」

「ああ。藤田さんは、そうおっしゃっている」

「そうか。藤田さんが……」

「雨のせいだろうと……」

「え、雨のせい？」

「ああ。軍隊が出て、戒厳令が敷かれた。だけど、騒動が収まったのは、雨が降ってきたからじゃないかと……」

久坂と岩井は顔を見合わせた。久坂が言った。

「なるほど、どんな説明よりも納得できるな」

岡崎は言った。

「見張りを交代しよう」

久坂が言う。

「腹が減ったな」

それに荒木がこたえた。

「今、栄次郎さんに朝飯の仕度を頼んだところだ」

「ああ、それはありがたい」

そのとき、馬車が近づいてくるのが見えた。やがて馬車は門の前で停《と》まり、内田良平が下りてきた。

岡崎は驚き、なぜか気をつけをしてしまった。

内田良平が巡査たちの前で立ち止まり、言った。

「斎藤……、いや、藤田さんはおられるか？」

岩井は「あっ」と言い、久坂は無言で目を丸くした。

荒木が内田に言った。

「藤田さんは、奥においでです。ご案内します」

内田がうなずく。

岩井が荒木に言った。

「おまえたちは見張りの当番だ。俺たちが案内する」

「わかった」

岩井が内田に言った。

「どうぞ、こちらへ」

三人が玄関に向かうと、荒木が言った。

「驚いたな。まさか、またここに来るとは思っていなかった」

岡崎はうなずいた。

「そうだな。てっきり使いが来て、藤田さんが黒龍会へ出向くものと思っていた」

荒木が、思案顔になった。

「黒龍会では都合が悪いということかな……」

岡崎は驚いて尋ねた。

「都合が悪いというのは、どういうことだ？」

荒木は、岡崎の浅はかさを非難するように顔をしかめた。

「考えてもみろよ。刺されて死んだのが、黒龍会の会員だ。そして、もしかしたら、仲間がいっしょにいて、それが刺したのかもしれないという話だったじゃないか」

「なるほど、被害者が黒龍会の会員、そして、嫌疑者も黒龍会の会員……。だとしたら、黒龍会では話ができないな」

さすがに荒木は、角袖だ。頭が回るな。
岡崎は素直に感心していた。

20

内田が家に入ってから、三十分ほどすると、久坂が岡崎たちを呼びにきた。午前十時過ぎのことだ。

「朝飯ができたぞ」

荒木が尋ねた。

「内田良平はどうした？」

「藤田さんや葦名警部と話をしている」

「どんな話だ？」

「そんなの、俺にわかるわけないじゃないか」

「密談をしているのか？」

「密談というわけじゃないが、とても俺たち巡査が同席できる雰囲気じゃなかった」

それはそうだろうな。もし、同席しろと言われても、俺は真っ平だ。岡崎はそう思った。

荒木が久坂に尋ねた。

「見張りはいいのか？」

「もう、市内の騒動も収まったことだし、必要ないんじゃないのか？　とにかく、朝飯だ」

そう言われて、奥の部屋に行くと、驚いたことに、内田も食卓に着いていた。

栄次郎が用意したのは、相変わらず味噌汁に漬物というきわめて質素な食事だった。だが、それでも温かい米の飯が食べられるだけでありがたいと、岡崎は思った。

内田は、巡査たちがいっしょに食事をすることを、何とも思っていない様子だ。彼は大きな体なので、窮屈そうに見えた。葦名警部がその内田に言った。

「こんなものしかなくて、恐縮です」

「なんの」

内田が言った。「飯が食えるというだけで、ありがたいことだ。朝から忙しくて、飯を食う暇がなかった」

その言葉どおり、内田はうまそうにタクアンをかじり、飯をかき込んだ。

その姿を見て岡崎は、内田が信用できると感じはじめていた。飯をうまそうに食べる人間は信用できると、岡崎は思っていた。

たちまち飯を平らげると、内田は茶をすすった。そして、言った。

「先ほども言ったとおり、亡くなった津脇といつも行動を共にしていたのは、武部《たけべ》惣一《そういち》という者だ。私と同じく福岡《ふくおか》出身で、信用できるやつだと思っている」

葦名警部が言う。

「巡査たちの前で、そういう話をしてよろしいのですか？」

「なに、かまうものか。どうせ知られてしまうのだ」

「それはそうですね」

妙に隠し事をしないところも、大人物の証《あか》しだと、岡崎は思った。

藤田が尋ねた。

「その武部さんは、津脇さんが殺害された当日もごいっしょだったのでしょうか？」

「それがわからないのです」

内田が言った。「昨日あたりから、武部の姿が見えません」

「姿が見えない……」

藤田が怪訝《けげん》そうに、眉間《みけん》にしわを刻む。「失踪《しっそう》したということですか？」

「わかりません。二日前から市内はたいへんなありさまでしたから、まだ消息の知れない会員は何人もいます」

岡崎は、鳥居部長の話を思い出していた。

市内騒擾は、内田たち黒龍会が計画したものではないかと、鳥居部長は言っていた。内田は否定したが、疑いが晴れたわけではない。

黒龍会なら、それくらいのことはやっても不思議はない。実際にやってのけるくらいの実力があるだろう。

だとしたら、内田は騒ぎを起こした犯罪者ということになる。にもかかわらず、岡崎は、内田を憎めないと感じていた。

間違いなく恐ろしい人物だが、不思議と人を惹《ひ》き付ける魅力がある。それがだんだんわかってきた。

華名警部が内田に質問した。

「武部さんが事件に巻き込まれたということはありませんか？」

「わからん。武部が見つからんのだからな」

「どなたか、事情をご存じの方は……？」

「今、うちの者に命じて、調べさせている」

「我々警察も、会員の方々にお話をうかがいたいのですが」

「その話はもうしたはずだ。たやすく官憲の調べを受けるわけにはいかんのだ。だから、私が藤田さんと調べることにしたのではないか」

華名警部が表情を変えずに言った。

「だめでもともと。そう思って、言ってみただけです」

「私の気が変わったりはしない。期待せぬことだ」

「しかし、いずれは警察が調べることになります。殺人事件なのですから」

内田はそれにはこたえずに、質問を返した。

「遺体を発見したのは、西小路伯爵の孫だと言ったな？」

「はい」

「探偵だということだな？」

「そうです」

「そいつは今、どこにいる？」

「それを聞いて、どうなさいます？」

「どうもしない。どこで何をしているのかと思っただけだ。そもそも、どうしてその探偵が遺体を発見したんだ？　なぜこの家にいた？」

「最初は、桂首相の電話の件を、ここにいる我々に知らせに来たんです。その後、市中の様子を知らせにまたやって来まして……」

「警視庁ではなく、この家に？」

「そう。西小路探偵は、私たちと親しいので……」

「桂の電話というのは、頭山代表への電話のことか？」

「そうです。西小路伯爵から聞いた話らしいです」

「その探偵は、それからずっとここにいたのか？」

「市内があいう騒ぎでしたからね。外出するのは危険だと判断し、ここにこもっていました」

「津脇の遺体が見つかったとき、ここにいたのは誰だ？」

「暴徒をのぞくと、今ここにいる者たちと、西小路探偵です」

「自ら下手人だと言った者がいただろう」

「今、台所にいる栄次郎ですね。西小路が津脇さんの遺体を発見したとき、栄次郎とお鯉さんは、裏口から逃げ出して裏の畑に隠れていました」

「それで……。再度尋ねるが、その探偵はどこで何をしている？」

葦名警部は即答せずに、しばらく無言で考えていた。

内田がさらに言った。

「何を躊躇《ちゅうちょ》している。我々は協力者だ。敵ではない」

「敵だとは思っておりません。しかし、気を許せる相手ではないことも事実です」

「たしかに、我々と警視庁との関係は微妙だ。だがな、津脇の件に関しては全力で協力するつもりでいる。だから、気を許してもらってけっこうだ」

「信用して裏切られるのは嫌なものです」

「この内田は、仲間を裏切ったりはしない」

「ほう……」

藤田が言った。「我々を仲間だとおっしゃる……」

内田は藤田に言った。

「はい、そうです。こうして同じ目的で集まっている者は仲間だと、私は思っています」

藤田が葦名警部に言った。

「今のお言葉は、信じてもいいのではないですか？」

葦名警部は、何事か考えていたが、顔を上げると言った。

「西小路探偵は、我々の代わりに話を聞きに行っております」

内田が尋ねる。

「どこに？」

「我々が黒猫先生と呼んでいる文士のもとに……」

「黒猫先生……？　ああ、ホトトギスの……」

「内田会頭が、文芸誌のことをご存じとは思いませんでした」

「私だって、小説くらい読む。それで、なぜ探偵は文士のところに……？」

「鳥居部長が、政治の話を聞いてくるようにと指示しました」

「政治の話か……。なるほど、西小路伯爵の縁者ならもってこいか……」

「西小路探偵は二ヵ月ほど前、玄洋社の人たちが、市内で怪しい動きをしているのを、警視庁に知らせに来たのです」

「玄洋社の者が怪しい動きを……？」

「玄洋社だけではありません。黒龍会の人たちも……」

「怪しいとはどのような行動を言うのだ？」

「市内をうろついているのが眼についたということです」

「ただ町中を歩いているだけで、怪しいと言われるのは心外だな」

「それは、どうやら西小路伯爵から出た話のようです」

内田は腕組をして、難しい表情になった。その内田に葦名警部が鋭い眼差《まなざ》しを向けている。

やがて、内田は言った。

「世情を知る必要があった」

「世情を知る?」

「小村がポーツマスへ条約締結のために出発した。世の人々が何を求めているか……。そういう下調べが必要だったのだ」

「何のための下調べですか?」

「あの講話条約は、とうてい納得のできる内容ではない」

「小村外相が条約締結に向かう前から、条約がどのような内容かわかっていたということでしょうか?」

「そうではない。だが、我々はあらゆる事態を想定しておかなければならない」

藤田が言った。

「ある程度、予想はされていたのでしょう」

内田は、藤田を見た。そして、すぐに眼を伏せた。

「大陸でいろいろと見聞すれば、ロシアの動向はある程度見えてきますから……」

なんだか、すごい話になってきた。岡崎は、ずっと話を聞いていたい反面、その場にいるのが恐ろしくなってきた。

「あの……」

岡崎は言った。「我々は、食事の後片づけをしようと思います」

すると、葦名警部が言った。

「気をつかうことはない。捜査のためだ。君たちも話を聞いておいたほうがいい」

内田がそれを受けて言う。

「そうだ。若者は貪欲《どんよく》にどんなことでも吸収しようとしなければならない」

「はい……」

岡崎は、浮かした腰を再び下ろした。

藤田が内田に言った。

「さて、それで、今日はこれからどうしましょう」

「私がここに詰めてもいい。藤田さんは、ここに滞在されているのでしょう?」

「しばらく動けませんでしたので……。しかし、もうここにいる必要もないと思います」

それを受けて、葦名警部が言う。

「民間の方は、いつでもここを離れられます。すでに、市内の騒動も収まったようですし……。しかし、我々警察官は、別命があるまでここを離れるわけにはいかないのです」

内田が言う。

「ふん。警察というのは不自由なものだな」

「別に不自由だと思ったことはありません」

藤田が言った。

「では、私も警視庁の皆さんといっしょに、ここにいることにします。まだ、隣の井上子爵邸に、城戸子爵のお嬢さんがおられるはずですし……」

内田が聞き返した。

「城戸子爵の令嬢ですか？」

その問いにこたえたのは、葦名警部だった。

「藤田さんが、女子高等師範学校で庶務の仕事をされていることはお伝えしましたね？」

「ああ、聞いた」

「城戸子爵令嬢の喜子さんが、その学校に通っておられるのです。そして、暴動が起きている間、藤田さんといっしょにここにいらしたのです。藤田さんが言われたとおり、今は井上子爵邸にいらっしゃいます」

「子爵令嬢が、ここでいったい何をしていたのだ？」

「我々の手伝いです」

「わからん」

内田はあきれたように言った。「どうして、子爵令嬢が警察の手伝いをしなければならないんだ？」

藤田が言った。

「説明すると長くなりますが、要するに我々と縁があったということです」

「縁ですか？」

「そうです。この世で何より大切なのは縁だと、私は思っています」

内田が考えながら言った。

「まあ、縁が大切というお考えには賛同いたしますが……」

藤田が言った。

「その武部という方について、うかがいたいのですが……」

内田がうなずいた。

「先ほども申しましたように、私と同じく福岡の出身です。年齢は今年三十歳になりました」

「津脇さんと、いつもいっしょだったのですね」

「はい。我々は最低でも二人組で行動をします。単独行動は危険ですので……」

これは、警察も同じだと、岡崎は思った。

警察や軍隊など、戦いを前提としている組織では、だいたい同じような考え方をするのだ。黒龍会も軍隊に似た規律があるのだろう。間違いなく黒龍会は、戦うための組織だ。

藤田の質問が続く。

「姿が見えないということですが、何か変わった様子はありませんでしたか？」

「気づきませんでした。しかし、会員の中には何か気づいた者がいるかもしれません。調べさせます」

「津脇さんと武部さんの仲はどうだったのでしょう？」

「どうとは……？」

「仲はよかったのでしょうか。反目するようなことはなかったのかと思いまして……」

「彼らは志を同じくする者です。仲違《なかたが》いなどありません」

そう言い切れるのだろうか。どんな組織でも、一枚岩ということはあり得ないだろう。

藤田は何も言わなかった。内田の言うことを信じたのだろうか。おそらくそうではないだろう。ただ、たてまえとして受け止めただけなのだと、岡崎は思った。

「いつもいっしょに行動しているということは……」

藤田が言う。「武部さんも、津脇さんといっしょに、ここにいらしていたことが、充分にあり得ますね？」

内田は、うなって腕を組んだ。

「それは、武部を疑うということですね。私としてはとても心苦しいのですが」

「事実を突きとめなければなりません」

内田はうなずいた。

「おっしゃるとおりです。津脇と武部がいっしょにここに来たことは、充分に考えられます」

「武部さんの行方を探すことが先決だと思いますが……」

葦名警部が言った。

「警察で手配しましょう」

「待て」

内田が言う。「それでは武部が犯罪者のようではないか」

「殺人の実行犯の疑いもあります。それはおわかりでしょう」

内田は返事をしなかった。

機嫌を損ねたのではないかと、岡崎は心配になった。

すると、藤田が言った。

「疑うことが警察の仕事です。ご理解いただきたい」

内田は即座にこたえた。

「理解はしております。ご心配には及びません」

そのとき、玄関のほうで声がした。

「おや、まだ誰かおいでですか」

お鯉だった。騒ぎが収まったので、井上子爵邸から戻って来たのだろう。奥の間の戸口で立ち尽くし、驚いた顔で言った。

「おやまあ、まだ警察の方がいらしたんですね」

葦名警部が言った。

「申し訳ありません。じきに引きあげることになると思いますが……」

「いいんですよ。女だけだと物騒ですからね。皆さんがいてくださると心強いわ」

お鯉に同行してきた喜子が、藤田を見て言った。

「あら、庶務のおじいさん。学校はよろしいんですの？」

藤田がこたえる。

「お嬢さんこそ……」

「庶務のおじいさんがいらっしゃるなら、私も参ります」

「今日は休ませていただきます」

「じゃあ、私もお休み。なあに？　こんな時間にご飯をいただいていたの？」

葦名警部が言った。

「ここを片づけて、我々は居間に移ろう」

四人の巡査が茶碗《ちゃわん》を台所に運び、ちゃぶ台を片づける。

「おや、こちらの方は、初めてですね」

お鯉に言われて、内田が名乗った。

「あなたが有名な内田さん。黒龍会の方々には何かとお世話になっております」

葦名警部はその言葉を聞き逃さなかった。

「どんなお世話になっているのか、詳しくお聞かせ願えますか？」

お鯉が葦名警部を見て、うっすらと笑った。

21

「桂がお世話になっている、という意味ですよ」

葦名警部の問いに、お鯉はそうこたえた。

それを聞いて岡崎は、やはり宰相の愛妾《あいしょう》ともなると、たいしたものだと思った。本妻以上の物言いだ。

葦名警部は、それ以上の追及はしなかった。

内田が言った。

「こちらこそ、桂さんにはいろいろとお世話になっております」

お鯉はほほえんだままうなずいた。

「それで、天下の内田さんが、ここで何をなさっておいでです?」

「殺人の捜査を手伝っております」

お鯉は、顔色一つ変えない。

「家で人が殺されるなんて、とんだ迷惑ですよ。喜子さんから聞きましたが、居間で起きたんですね?」

葦名警部がこたえる。

「そうです」

「早々にお祓《はら》いをしてもらわなくちゃ……」

「引っ越すおつもりはないのですか？」

「私の一存ではね……。なにせ、旦那《だんな》のお世話になっている身ですから」

人殺しがあった家など住みたくはない。俺《おれ》ならすぐに引っ越すがな……。やはり、お鯉は度胸が半端ではない。

岡崎はそう思った。

お鯉が内田に尋ねた。

「どうして、あなたが警察の手伝いを……？」

「亡くなったのが、黒龍会《こくりゅうかい》の者なのです」

「あら、そう」

お鯉はそう言っただけだった。

葦名警部が、お鯉に尋ねた。

「それだけですか？」

「それだけって、何のことでしょう？」

「なぜここに黒龍会の人が、と疑問に思わないのですか？」

「ああ……」

お鯉はまた笑みを浮かべる。「桂に言われていらしたのでしょう」

「ほう……」

そう声を洩《も》らしたのは、葦名警部ではなく、藤田だった。「首相に言われて……」

お鯉は藤田を見て言う。

「あなた、井上子爵のお宅でもお目にかかったわね。どちら様かしら？　警察の方？」

内田が言った。

「こちらは……」

藤田がその言葉を制して言った。

「かつて警視庁におりました。今は女子高等師範学校で働いております。行きがかり上、後輩たちの手伝いをすることに……」

「そうですか」

「黒龍会にお世話になっているのは、首相だけではなく、あなたご自身も、ということでしょうか？」

「黒龍会の方が私のところにいらしたのは、桂が頭山さんに電話をしたからでしょう。つまり、桂が世話になっているということです」

藤田が内田を見た。

「もし、それで津脇さんと武部さんがここにいらしたとなれば、あなたがそれをご存じないはずがありませんね？」

内田はむっつりと不機嫌そうな顔になった。

「普通なら、会のことはすべて把握できているつもりです。しかし、ここ数日は普通ではありませんでした。眼《め》の届かぬこともございました」

藤田は「そうですか」と言って、じっと内田を見た。内田が眼をそらした。明らかに動揺している様子だ。こんな内田は初めて見たと、岡崎は思った。

「おや」

お鯉が言った。「どうやら私は、余計なことを言ってしまったようですね」

それに対して、内田が言った。

「そんなことはありません。首相が頭山代表に電話をされたという話は聞いておりましたので……」

藤田が、念を押すように内田に言った。

「津脇さんと武部さんが、ここにいらしたことを、あなたがご存じなかったというのは、本当のことなのですね？」

内田は無表情のまま言った。

「知らなかった」

無表情というより、心情を悟られないように表情を閉ざしたと言うほうが正確だと、岡崎は感じていた。

「さて……」

お鯉が言う。「片づけをしないと。栄次郎が庭にいましたね。おとしを呼びにやって、なんとか少しでも、元どおりにしないと……」

そのとき、喜子が言った。

「私もお手伝いしますわ」

お鯉がほほえむ。

「おや、ありがたいわね」

葦名警部が言った。

「巡査もお手伝いします。何なりとお申し付けください」

「警察の方がお手伝いですって？　また、新聞にあれこれ書かれますね」

「もう、そのようなことはないでしょう。一宿一飯の恩義がありますし……」

「それじゃ、お言葉に甘えましょうかね。近くの久國稲荷《ひさくにいなり》に行って、お祓いをお願いしてもらいたいのです」

葦名警部がその場にいた巡査たちを見た。

それにこたえて、荒木が言った。

「任せてください。久國稲荷なら知ってますから……」

お鯉が言った。

「お祓いが済むまで、居間にはいられないので、荷物をこの部屋に運びたいのですが……」

葦名警部が応じた。

「それも、巡査たちにやらせます」

「助かりますよ」

「では、当面、我々が居間を使わせていただくということで、よろしいですね」

「警察の方は、人殺しがあった部屋でも平気なのですね。ええ、もちろん、それでけっこうですよ」

決して平気なわけではない。縁側は破壊されているし、奥の部屋はお鯉が使うというのだから、他に居場所がないだけだ。

お鯉と喜子を残して、皆は居間に移動した。死臭というのはしつこくて、まだ残っているように感じるが、もしかしたら気のせいかもしれないと、岡崎は思った。

内田が言った。

「では、私は戻って、社の者にいろいろと調べさせることにします」

藤田が言った。

「ごいっしょいたしましょう」

内田は無言でうなずいた。やはり表情を閉ざしている。彼は、藤田とともに行動することを歓迎していたはずだ。

それが、今は迷惑がっているようにも見える。

内田の態度が変化したのはなぜだろう。岡崎は考えていた。

内田と藤田は、馬車で去っていき、荒木は久國稲荷神社に向かった。残りの巡査は、居間の荷物を、奥の部屋に運んだ。

大きなものは長火鉢と茶簞笥《ちゃだんす》くらいで、作業はすぐに済んだ。それから、居間を片づけた。すでに、汚れた畳などは栄次郎が庭に運び出していたので、片づけや掃除もそれほど手間はかからなかった。

荒木が戻ってきて、お鯉に告げた。

「明日の朝、お祓いをやってくれるそうです」

その日の午後には、女中のおとしがやってきて、家の中の片づけは進んだ。栄次郎が、仲間の大工とともに、修復作業を始めている。

おとしが食事の仕度を始めた。遅い昼食の用意だ。男ばかりのときとは違って、うまそうな煮炊きの匂《にお》いが漂ってくる。

こうして日常を取り戻すのだな。おそらく、市内のいたるところで、こうした復旧への営みが始まっているのだろう。岡崎はそう思った。

午後二時頃《ごろ》、昼食を振る舞われた。女性たちは奥の間で、警察官たちと職人は居間で食卓を囲んだ。

久しぶりに食事らしい食事をとることができた。おとしのお陰だ。普段、何気なく食べている野菜の煮付けが、ずいぶんとありがたく感じられた。

お鯉が自宅に戻ったことで、巡査たちは見回りを再開しなければならなかった。これまでどおり、二人一組で家の周囲を巡回した。

「いやあ、あたりはすっかりいつもどおりだなあ……」

岡崎と組んで巡回している久坂が言った。相変わらず、のんびりした口調だ。岡崎はこたえた。

「そうだな。騒動は終わったんだな」

「しかし、藤田さんはやっぱりすごい人だよなあ。あの内田良平がたじたじだった」

「まったくだ。それにしても、内田さんは、どうして急に態度が変わったのだろう」

「そりゃあ、隠し事をしているからに決まっているだろう」

久坂が当たり前のことのように言うので、岡崎は戸惑った。

「え……。隠し事？　どんな隠し事だ？」

「どんなって……。津脇さんと武部さんのことしかないだろう」

久坂がこういう言い方をするということは、皆気づいているということだろうか。岡崎は自分の頭の回転が悪いのを恥じた。

「津脇さんと武部さんのことで、隠し事をしているって、それはどういうことなんだ？」

「えー、そんなことはわからないよ。藤田さんはそれを訊《き》きたかったわけだろう」

「そうか。わからないのか」

岡崎は、ほっとした。自分だけがわからないわけではないのだ。

午後四時を回った頃、西小路が戻って来た。

「やあ、見回りごくろうだね」

なんだか、偉そうだ。荒木がいたら、皮肉の一つも返していただろう。

久坂が言った。

「そっちも、ごくろうだったね。黒猫先生と伯爵に、話は聞けたのかい？」

「僕を誰《だれ》だと思っているんだ。両方ともばっちりだよ」

「じゃあ、すぐに皆のところに行こう」

「おい」

岡崎は言った。「俺たちは、見回りの最中だぞ」

久坂は平然と言う。

「騒動は収まったのだから、そんなに危険はない。それより、殺人の捜査だろう」

久坂と西小路は、門に向かった。

岡崎は慌てて二人のあとを追った。

「西小路が戻りました」

久坂がそう報告すると、葦名警部が言った。

「ごくろう。入ってくれ」

西小路とともに、久坂と岡崎も居間に入った。そこには、葦名警部と荒木、岩井、そして喜子がいた。

西小路が言った。

「あれ、お嬢さんもいらっしゃるんですね」

「ええ。お鯉さんも、おとしさんと向こうにいらっしゃるわ」

「庭では何だか、大工仕事をしているみたいですね」

荒木が言った。

「普段の生活に戻るってことだ。明日の朝には、ここをお祓いするしな」

「はあ、お祓いねえ……。それはまた、非近代的なことを……」

葦名警部が西小路に尋ねた。

「首尾は？」

「ちゃんと聞いてきましたよ」

「では、聞かせてもらおう」

岡崎は念のために、葦名警部に尋ねた。

「あの……、自分らはどうしましょう？　見回りに戻りましょうか？」

「いっしょに話を聞け」

「はい」

やはり、久坂が言ったとおりだった。ぼうっとしているようだが、久坂の判断はたいてい正しい。先走って考えないからだろう。

西小路が話しはじめた。

「まず、黒猫先生に話をうかがいました。先生は珍しくすっかりご機嫌で、今回の騒動のことを、久々に面白い出来事だったとおっしゃってました」

　荒木が言った。

「ふん、皮肉屋の先生らしい。あの騒ぎを、面白いとは……」

　西小路がそれにこたえる。

「面白いという言葉には、それなりの意味がある。先生は、政府の誰かが裏で騒ぎを煽《あお》ったのだろうとお考えだ」

　葦名警部が聞き返した。

「政府の誰か……？」

「はっきりとはおっしゃらなかったんですがね。おそらく、桂首相だろうと……」

「首相が……。なぜだ」

「戦争でロシアに勝ったのに、ろくな賠償も取れない。それで民衆の怒りは燃え上がりました。ぱんぱんに膨らんだ風船のようなものです。適当に空気を抜いてやらなけりゃならない」

「暴動を起こさせ、民衆の気を晴らしたということか」

「事実、町中はすっかり落ち着いて、平穏そのものですよ」

「しかし、にわかには受《う》け容《い》れがたい話だ」

「風船の空気抜きに暴動を利用するってのはたいした発想だけど、桂首相の手練手管はそんなもんじゃないと、先生は見ておられます。桂首相は着々と計画を進めているようです」

「桂首相の計画……？　何の計画だ」

「政治を自分たちのものにする計画です」

「政治を自分たちのものに……？　どういうことだ？」

「元老の力を排除したいんですよ」

岡崎は戸惑った。話の流れがよくわからない。市内の騒擾《そうじょう》が、どうして元老の力の排除につながるのだろう。

葦名警部も同様の思いらしい。眉間《みけん》にしわを刻んで、じっと西小路の顔を見つめた。

西小路の話が続いた。

「桂首相はね、ニコポン宰相なんて呼ばれてなんか弱気な印象があるけどね、実はすごいことをやってるんですよ」

にこにこしながら、ぽんと肩を叩《たた》いて、相手と争うことを好まない。だから、ニコポン宰相だ。

荒木が尋ねる。

「すごいこと？　まあ、たしかにロシアと戦争を始めたんだからな」

「その戦争の陰で、元老の力を排除していくんだよ。黒猫先生も、桂の大芝居には舌を巻いたと言っていました」

「桂首相の大芝居？」

「ここから先のことは、祖父から聞いたことだ。明治三十六年（一九〇三年）のことだが、まず、桂首相は、元老の伊藤博文と山縣有朋を首相官邸に呼んでこう言う。自分にはロシアとの交渉なんて難しいことは無理だから、二人のどちらかが首相をやってくれ、と。もちろん、本気じゃない。伊藤も山縣もこれを断ることは桂の計算の内だ」

皆、無言で西小路の話に聞き入っている。

この話はどこに続くのだろうと、岡崎は訝《いぶか》しく思っていた。他の皆も同じだろう。

西小路は、どこか得意げに話を続ける。

「そうしておいて、桂首相、今度は仮病を使う。病気を理由に内閣総辞職を申し出て、あとは天皇陛下のご聖断をあおぐということにした。さて、同時に桂首相は、山縣有朋を通じて陛下に働きかけ、伊藤博文を政友会《せいゆうかい》から引き離そうとしていたわけだ」

荒木が言った。

「伊藤博文は当時、政友会の総裁だったな。それが陛下の思《おぼ》し召《め》しで、総裁を辞して枢密院議長になったんだった……」

「そう。枢密院なんて、陛下に参考意見を奏上するだけの組織だ。つまり、伊藤博文は政党総裁《さい》から、実質的に発言力のない立場に追いやられたわけだ。そして政友会総裁には西園寺公望《おんじきんもち》が就任する。形の上では陛下の思し召しということになっているが、実際は桂首相の働きかけの結果だ」

荒木が確認するように言う。

「桂内閣は、これも陛下のご命令で存続したんだったな」

「そう。この大事なときに、政権を任せられるのは桂だけだと、陛下はおおせになり、内閣を改造して桂に首相を続けるように下命なさるわけだ。つまりさ、伊藤を枢密院に追いやったのも、桂が首相を続けるのも、すべて陛下の思し召しということになった。桂がそう仕向けたんだ。これで、誰も文句は言えない」

荒木が質問する。

「元老のもう一人の大物、山縣有朋は、伊藤の力を排除するのに手を貸したわけだな?」

岡崎は、荒木が西小路の話にちゃんと付いて行っているのに驚いた。自分は、ほぼちんぷんかんぷんだ。

辛うじて理解できたのは、桂がさまざまな手を使って自分の立場を確固としたものにしようとしている、ということだけだ。

荒木の問いに西小路がこたえた。

「もともとはさ、山縣とか伊藤の長州閥《ちょうしゅうばつ》が桂を首相にしたんだ。だから、三人は同じ穴のムジナだ。だけど、桂はそのうちに、元老の伊藤や山縣が煙ったくなってくるわけだ。そして、伊藤と山縣は互いに競争相手だと思っている。だから、山縣は伊藤外しに手を貸したわけだ。そうすれば、自分の天下だと思ったんだろう。ところが、だ。桂にとっては、伊藤を牽制《けんせい》するために山縣が必要だっただけだ。伊藤の圧力がなくなると、桂は山縣を頼らなくなる。つまり、山縣の立場も弱くなっていくわけだ」

　また、山縣か、と岡崎は思っていた。これまで山縣有朋は、ありとあらゆることに影響力を持っていた。警視庁は内務省の管轄だが、内務省はあからさまな長州閥で、その頂点にいるのが山縣有朋だった。

　荒木が言う。

「それじゃあ、山縣にしてみりゃ、飼い犬に手を嚙《か》まれたようなものだな」

「それだけじゃないんだ。これも祖父が言っていたことだが、桂は原敬《はらたかし》と密約を結んでいた。原は、伊藤が去ったあとの政友会の実権を握っている。どんな密約かというと、自分が退陣した後、首相の座を、政友会総裁の西園寺公望に譲るというものだ」

岡崎は仰天した。すでに次の首相が決まっているというのだ。驚いたのは岡崎だけではない。その場にいた皆が、目を丸くしていた。常に冷静沈着な葦名警部ですら驚愕《きょうがく》を隠しきれない様子だった。

「つまり、桂と原は結託しているわけだが、この原敬が、偉そうな老人たちが大嫌いときている。薩長《さっちょう》の年寄りが議会や政府に口出しするのをなんとか排除しようと考えているらしい。なにせ、原は盛岡《もりおか》藩士の子だから、薩摩・長州に怨《うら》み骨髄なんだな。山縣はそれを知っているから、原が大嫌いだし、桂が原と手を組むことも面白くない」

　そこまで話して、西小路は皆の顔を見た。自分の話をどれだけ理解しているか気になったのだろう。

　岡崎は、政治の話はよくわからない。だから、今の西小路の話をちゃんと理解しているかどうか、自分でもわからなかった。

誰かにもっとわかりやすく解説してほしい。岡崎がそう思っていると、葦名警部が口を開いた。

22

「かいつまんで言うと、桂首相は伊藤博文や山縣有朋の影響力を排除しようと、原敬などと手を組んでいる。山縣はそれが気に入らない。そういうことだな？」

西小路がこたえた。

「あー……。まあ、そう理解していただいていいと思いますよ」

「山縣は、今回の騒擾のことをどう考えているのだろう」

西小路は肩をすくめた。

「そんなの、山縣本人にしかわからないでしょう」

「伯爵は何かおっしゃっていなかったのか？」

「祖父が言ったことだって、憶測に過ぎませんよ」

「憶測でいいから教えてくれ」

「桂の責任だと考えているんですよ」

「桂首相の責任……？」

「ええ。桂がロシアとの不平等な条約を受け容れてしまった。そのせいで民衆が怒り、暴動が起きたのだ、と……」

「桂首相の責任どころか、彼が裏で糸を引いて暴動を起こさせたのだろう」

西小路はまた肩をすくめる。

「それは、黒猫先生の私見ですよ」

「私見だが、ありそうなことだ。私は納得できる」

岡崎は、葦名警部のおかげで西小路の話の内容を理解することができた。すると、疑問が湧《わ》いてきたので、発言した。

「ええと……。鳥居部長は、黒龍会が騒擾を起こしたと考えているようでしたよね……」

葦名警部がそれを受けて言った。

「桂首相が、頭山の玄洋社《げんようしゃ》や、黒龍会を動かしたのかもしれない」

岡崎は言った。

「たしかに、それは考えられますね」

「しかしね……」

西小路が言った。「僕にはわからないんですよ」

葦名警部が西小路に尋ねる。

「何がわからないんだ？」

「殺人の捜査の一環だと言われて、政治の話を聞きに行ったんです。まあ、僕だから聞けた話もありますよ。だからって、それがどう殺人の捜査に役立つのか、さっぱりわからない」

　言われてみるとそのとおりだと、岡崎は思った。

　桂首相が伊藤博文や山縣有朋といった元老たちを政府から遠ざけようとしているのはわかった。

　そして、もしかしたら、市内騒擾は桂首相が目論《もくろ》んだものなのかもしれないということもわかった。

　だが、それが殺人とどう結びつくのかは、皆目見当がつかない。

　岡崎が考え込んでいると、荒木が言った。

「被害者が黒龍会の者なんだから、関係あるんじゃないか。もしかしたら、犯人も黒龍会の会員かもしれないんだ」

　西小路がそれにこたえた。

「単純だな、君は」

「何だと？　何が単純だと言うんだ」

「黒龍会だからといって、政治と関係があると考えるのが単純だと言ってるんだ」

「関係あるだろう。どうして、黒龍会の者がここにやってきていたのか。それがわかれば、政治と殺人の関《かか》わりもわかるはずだ」

「じゃあ、内田良平にでも聞いてみればいい」

「内田さんは、知らないと言った」

西小路が驚いた顔になった。

「なんだって？　内田良平に質問したのか？」

「質問したのは藤田さんだけどね」

「ああ、そうだろうなあ。藤田さんならね……」

「藤田さんなら何だと言うんだ。俺だって刑事なんだ。必要なら質問する。先に藤田さんが質問しただけのことだ」

西小路はにやにや笑っているだけだ。

どうでもいいことだと、岡崎は思った。

そのとき、電話が鳴った。取り外すことができないので、電話はそのまま居間の壁にある。

家の主《あるじ》が帰ってきたからには、勝手に出るわけにはいかない。やがて、おとしがやってきて電話に出た。

そしてすぐに、葦名警部に向かって言った。

「警視庁からです」

「すいません」

葦名警部は電話の前に立ち、おとしから受話器を受け取った。おとしは逃げるように警察官だらけの部屋から姿を消した。

葦名警部は、「了解しました」とこたえると、電話を切った。そして、巡査たちに告げた。

「警視庁に引きあげる。すでに市内の騒動は収まり、もう警護の必要がないと、鳥居部長が判断されたそうだ」

岡崎は不安になって尋ねた。

「警察官が市内を移動してもだいじょうぶでしょうか？」

岩井が付け足すように言った。

「それに、電車も走っていないでしょう」

葦名警部が二人の問いにこたえた。

「市内は日常を取り戻しつつある。警察を非難する声はまだしばらく続くだろうが、襲撃されることはあるまい。警視庁が馬車を手配した。それに乗っていけばだいじょうぶだ」

「はあ……」

馬車が来るというなら安心だ。

「馬車が到着し次第、引きあげる。私はお鯉さんに挨拶《あいさつ》をしてくる」

巡査たちは外に、葦名警部は奥の部屋に向かった。

それから三十分ほどして、馬車が二台やってきた。

巡査たちより先に、西小路と喜子が乗ろうとしたので、岡崎は驚いた。

荒木が言った。

「おいおい、なんで君たちが乗るんだ？」

西小路がこたえた。

「何でって、僕たちをここで放《ほう》り出すつもりかい？」

「別に馬車か俥《くるま》を呼べばいいだろう」

「僕らは捜査を手伝っているんだ。同行するのが筋だろう」

喜子が言った。

「私も一人では帰れませんわ」

巡査たちは顔を見合わせた。するとりなんとか乗れる。とにかく警視庁に向かおう」


「幸い馬車は二台ある。七人ならなんとか乗れる。とにかく警視庁に向かおう」

二台の馬車に分乗して、全員が警視庁に向かった。こういうことを見越して、鳥居部長は馬車を二台寄こしたのかもしれないと、岡崎は思った。

警視庁に着いたときには、すでに日が暮れていた。午後六時半を回っている。

日勤の勤務時間は終了しているが、庁内にはまだ人がたくさん残っていた。騒動が収束したからといって、警察の仕事がすぐに終わるわけではない。

服部課長も鳥居部長も忙しそうだった。

「ああ、戻ってきたか」

服部課長が言った。「いやあ、君らがいない間、たいへんだったぞ。まったく生きた心地がしなかった」

鳥居部長が気づいて言った。

「おう、ごくろうだったな。こっちへ来てくんな」

葦名警部一行が、席に近づくと、部長はさらに言った。

「おや、探偵さんと城戸のお嬢さんもごいっしょですね」

葦名警部がこたえる。

「榎坂《えのきざか》でお別れするわけにもいかず、お連れしました」

「西小路伯爵と城戸子爵のお宅には、警視庁から連絡しておくよ。後で馬車を用意するので、二人にはそれで帰宅していただこう」

すると、西小路が言った。

「それには及びませんよ。僕は帰宅するつもりはありませんから。捜査の途中ですからね」

喜子もそれに便乗する。

「あら、私も帰らなくてもかまわないわよ」

鳥居部長がかぶりを振る。

「そうはまいりません。私が西小路伯爵や城戸子爵に大目玉を食います」

喜子はつまらなそうな顔をした。

鳥居部長が葦名警部に尋ねた。

「藤田さんはどうした？」

「内田良平とともに黒龍会の事務所に行きました」

「そうだったな。詳しい話を聞こうじゃねえか。別室に行こうか」

鳥居部長が席を立ち、葦名警部とともに廊下に向かおうとした。ふと立ち止まり振り返ると、鳥居部長が言った。

「何してるんだ。おめえさんたちも来るんだよ」

岡崎たち巡査は慌てて二人のあとを追った。

西小路が言う。

「当然、僕たちもいっしょですよね」

鳥居部長が言った。

「馬車が来るまでだよ」

一行は、会議室に移った。和室なので、鳥居部長と西小路以外は正座をした。鳥居部長が言った。

「膝《ひざ》を楽にしてくんな。話が長くなるかもしれねえ」

「失礼します」

まず葦名警部が膝を崩した。巡査たちはそれにならってあぐらをかいた。

「藤田さんと内田良平が何をしているのか知りてえんだが」

葦名警部がこれまでの経緯を説明した。

「なるほど、黒龍会としては官憲の立ち入りを簡単には認めたくないってことだよな。でも、藤田さん一人に任せておくわけにもいくめえな……」

すると、西小路が言った。

「僕もちゃんと仕事をしましたよ」

「おお、黒猫先生や伯爵から話を聞いてくれたんだね？」

「もちろんですよ」

「その話が聞きたかったんだ」

もう一度、西小路のややこしい話を聞くことになるのだろうかと、岡崎は思った。だが、それは杞憂《きゆう》だった。

葦名警部が、きわめて簡潔にわかりやすく説明したのだ。

話を聞き終わると、鳥居部長が感心したように言った。

「ほう……。黒猫先生が、今回の騒ぎは桂首相の仕業かもしれねえと言いなすったのかい？」

西小路がこたえた。

「まあ、多分に先生の妄想も入っていると思いますよ。なにせ、文士ですから」

「だがな、当たらずとも遠からずだと、俺は思うぜ」

葦名警部が言った。

「部長は、今回の騒動の背後には黒龍会がいると睨《にら》んでおられるようですが……」

「ああ、そう睨んでいるよ」

「つまり、桂首相が玄洋社や黒龍会を動かしたのだと……」

「首相が頭山に電話したんだ。そういう話になっていてもおかしくはねえさ」

「あのお」

そのとき、喜子が言った。「ちょっと、よろしいかしら」

鳥居部長が言う。

「何でしょう？」

「お鯉さんの家で、西小路さんのお話を聞きましたし、今ここでも繰り返しそのお話をうかがったのですが、私が父から聞いている話とちょっと違うような気がするんですけど……」

「ほう……。どういうお話をうかがっているんです？」

「桂首相は、山縣侯の腰巾着《こしぎんちゃく》だって……」

「なるほど、腰巾着……」

「山縣侯が催す歌会なんかにも、必ず顔を出して、ご機嫌をうかがっていたということよ。桂さんを首相にしたのも、山縣侯たち長州閥なんだって父から聞いています」

「いやはや、さすがに陸軍中将の城戸子爵ですね。娘さんにそんなお話を……」

「父は、私が理解できようができまいがかまわず話をします」

「なるほど……」

「そんな桂首相が、山縣侯に逆らうようなことをするでしょうか。それに、桂首相はとても気がやさしい方だそうですから、東京をひっくり返すような騒動を起こそうとする人とは思えません」

そのとき、西小路が言った。

「城戸子爵も長州閥だからなあ……」

喜子が西小路に言う。

「それ、どういうことかしら？」

「いえね、同じ長州閥の人たちから見ると、そう見えるかもしれないなってことです。山縣たち元老は、長州閥の政権を保つために、桂を首相にしました。他に適当な人がいなかったので、少々頼りないけど長州出身だから、ということで首相にしたんです。ところが、祖父に言わせると、これがなかなかしたたかで、足かけ五年も首相の座に納まっているわけです」

「ただの腰巾着じゃないってこと？」

「桂が山縣の腰巾着だったのは、もう過去のことだと言ってもいいんじゃないかなあ。いや、もともと太鼓持ちみたいにご機嫌を取るのも、桂の手なのかもしれない」

二人の会話を受けて、鳥居部長が言った。

「……となると、山縣は収まらないね……」

西小路が肩をすくめる。

「まあ、そうでしょうね。桂ごときに好き勝手をやられてたまるか。そう思っているに違いありません」

「だが、山縣が直接桂に何かを言ったとか、何かをしたって話はないんだね？」

鳥居部長にそう訊かれて、西小路はきっぱりと首を横に振った。

「ありません。山縣は動いていませんよ」

「山縣はロシアとの交渉にも腹を立てていたという話があるな。なにせ、山縣は今度の戦争の参謀総長だ。桂内閣の交渉はいかにも弱腰に見えたはずだ」

「しかし……」

葦名警部が言った。「桂は、山縣か伊藤に首相の座を譲ろうとしたことがあったのでしょう？」

西小路が言う。

「そこが、桂のずるいところなんですよ。山縣か伊藤のどちらかに話を持ちかけたのなら、首相交代ということになったかもしれません。

しかし、互いに牽制し合っている山縣と伊藤両方に声をかけることで、どちらも引き受けられない状況を作ったわけです。つまり、政権を譲る気などさらさらなく、その打診を断ったという体裁を整えて、山縣と伊藤の口を封じたわけですよ」

へえ、政治というのはそういうものなのかと、岡崎は半ば驚き、なかばあきれた思いで話を聞いていた。

鳥居部長が言った。

「山縣が桂に対して何もしていないというのが、どうしても解せねえな」

そのとき、ドアをノックする音が聞こえた。戸口近くにいた岡崎がドアを開ける。「馬車が用意できた」という知らせだった。

それを告げると、鳥居部長が言った。

「じゃあ、お嬢さんと探偵さんは馬車でお帰りいただくとしよう」

西小路が言った。

「ですから、僕は帰るつもりはないと……」

「勘弁してくださいよ。私が伯爵に叱《しか》られます」

部長にそう言われると、西小路も強く出られない。彼はしぶしぶ帰宅を承知した。

知らせに来た巡査が、そのまま喜子と西小路を馬車のところまで案内した。二人がいなくなると、鳥居部長が言った。

「藤田さんと内田のことが気になるな。二人きりにしたくない」

それはどういうことだろうと、岡崎は思った。

葦名警部が言った。

「黒龍会に行ってみましょうか」

「行ってくれ。まさかと思うが、藤田さんに万が一のことがあっちゃいけねえ」

「了解しました。すぐに向かいます」

鳥居部長が大きく伸びをした。

「俺は四日から帰ってなくってな。今日は久しぶりに帰宅して風呂《ふろ》に入りたい。おまえたちもそうだろうから、済まねえと思うが、もうひと頑張り頼むぜ」

「はい」

「黒龍会で様子を見て、何事もなければ、おまえたちも今日は帰宅しな」

「では、行ってきます」

葦名警部とともに、巡査たちが部屋を出ていこうとすると、鳥居部長が言った。

「お鯉さんの警護、ご苦労だったな。おかげで警視庁の顔が立ったぜ」

どういう意味だろう。

岡崎はそう思いながら、部屋をあとにし、黒龍会に向かった。

23

芝《しば》区西久保《にしくぼ》巴町《ともえちょう》の、内田良平宅兼黒龍会事務所に着いたのは、午後八時過ぎのことだった。

一階の事務所の戸が開いていた。

「失礼する」

葦名警部がそう言って事務所に足を踏み入れたとたん、立ち尽くした。

どうしたのだろうと思い、岡崎は葦名警部の肩越しに部屋の中を見た。

黒龍会の会員たちが、凍り付いたように一点を見つめている。その視線の先に、内田と藤田がいた。

二人は向かい合って立っていた。互いに顔を見つめ合っている。

彼らの周囲にいる者たちは、動けずにいるのだ。

見ると、内田の左手に刀があった。鞘《さや》を握っている。いつでも抜ける状態だ。

藤田は素手だ。

岡崎は仰天した。あの二人はいったい何をしているのだろう。

葦名警部が言った。

「お二人とも、どうかなさいましたか？」

内田も藤田もこたえない。二人はただ見つめ合うだけだ。睨《にら》み合っているわけではないが、へたに睨み合うよりも迫力があると、岡崎は思った。

葦名警部が歩を進めた。藤田の背後に立つ。そして、さらに言った。

「何があったのか説明していただきたい」

四人の巡査は、葦名警部に続いた。

何がきっかけで、内田と藤田が対峙《たいじ》するはめになったのだろう。素手の藤田に、内田は刀を持ってようやく対抗できているように、岡崎には思えた。

二人とも、ぴくりとも動かない。おそらく動けないのだろう。

そう思っていると、突然、藤田が動いた。右手が一閃《いっせん》する。その手には、サーベルが握られていた。

葦名警部の腰のサーベルを抜いたのだ。

内田が刀を抜こうとした。そのとき、藤田はすでに正眼に構えていた。

再び、内田の動きが止まる。左手で鞘を持ち、右手で柄《つか》を握っている。そのまま藤田を見据えていた。

藤田が構えるサーベルは、ぴくりとも動かない。

葦名警部も動かない。黒龍会の会員たちも動かない。巡査たちも動かない。誰《だれ》も動けないのだ。すさまじい緊張感だった。

内田が顔に汗を浮かべはじめた。

藤田は、まったく表情を変えない。むしろ穏やかな顔に見えた。この緊迫した状況で、そんな顔をしていられるのが不思議だった。

やがて、内田がふうっと大きく息をついた。刀の柄から右手を放す。そして、袖《そで》で額の汗をぬぐった。

藤田はサーベルを構えたままだ。

内田が言った。

「いやあ、やはり、斎藤一殿にはかなわない」

「斎藤一ではありません。藤田五郎です」

藤田はサーベルを下ろした。すると、葦名警部が「失礼」と言って、そのサーベルを受け取った。藤田が葦名警部に言った。

「失礼したのはこちらのほうです。勝手に剣を拝借するなど、許されることではありません。このとおり、お詫《わ》びいたします」

葦名警部がサーベルを鞘に納めると尋ねた。

「いったい、これは何事ですか？」

「隠していることを、話していただきたい……。そう、内田さんに申し入れました」

葦名警部が内田を見た。内田が言った。

「話せと言われても、話せないこともあると、俺は言ったんだ」

「それで睨み合いに……」

内田がうなずいた。

「どっちも引けないんでな……。だが、藤田さんには、とてもではないがかなわない。逆らえば、本当に斬《き》られる。それがわかった」

「では……」

藤田が言った。「話していただけるのですね」

しばらく考えていた内田は、やがて言った。

「腹が減った」

葦名警部が怪訝《けげん》そうに内田を見ている。内田がさらに言った。

「何を不思議そうな顔をしているんだ？　こんな時間だ。腹が減るのも当然だろう。みんなも腹が減ったのではないか？」

言われてみれば、もう八時半を回っているが、夕食はまだだ。

内田が言った。

「新橋《しんばし》のほうに少し歩けば、牛鍋屋《ぎゅうなべや》がある。飯を食おう。巡査たちも来るといい」

葦名警部が言った。

「騒動の直後ですし、こんな時間です。店は開いているのでしょうか」

内田が言う。

「俺が行けばだいじょうぶだ。さあ、みんなで飯を食いに行くぞ」

内田が言う牛鍋屋は、店を開けていた。そこそこ客がいるので、岡崎は驚いた。市井の人々は、もう日常を取り戻しているのだ。

内田は、二階の座敷に上がった。いつも使っている部屋なのだろう。言われるままに、藤田や警察官たちも同行した。

座卓が二つ用意され、それぞれに鍋が出された。一つの座卓に内田、藤田、そして葦名警部が座り、もう一つを四人の巡査が囲んだ。

内田は旺盛《おうせい》な食欲を見せた。肉をもりもりとほおばっている。

藤田と葦名警部も食事を始めた。巡査たちは互いに顔を見合わせてから、箸《はし》を取った。お鯉の家では粗末なものしか食べていなかったので、牛鍋が信じられないくらいにおいしいと岡崎は感じた。

「そろそろ、聞かせてはくれませんか」

藤田が言った。「あの殺人はどうして起きたのか……」

内田は飯をかき込んで咀嚼《そしやく》し、呑《の》み込んでから言った。

「報告を受けました」

藤田が質問する。

「報告？　誰からどんな報告を……？」

「武部ですよ。津脇を刺したという報告です」

「二人は、いつもいっしょに行動していたのですね？」

「そうです」

「なぜ武部さんは、津脇さんを刺したのです？」

「まず、どうして津脇がお鯉の家に行ったのかを説明しなければなりません」

「話していただけますね」

内田が顔をしかめた。

「話したくはなかったのですがね……。やっかいな連中が絡んでいますから」

「あなたほどの方がやっかいとおっしゃる、その連中とは何者です？」

「陸軍ですよ」

「陸軍……」

「以前申しましたとおり、我々の世界では、知ることが力です。ですから、俺のところには、いろいろな筋からの内密な話が入ってきます。陸軍が津脇に何かの働きかけをしたという話がある筋から入ってきました」

「なぜ、津脇さんに……？」

「おそらく、津脇が長州の出身だからでしょう。陸軍は長州閥《ばつ》ですし……」

藤田が言った。

「もっと有《あ》り体《てい》に言えば、山縣閥ですな」

内田がうなずいた。

「ですから、もともとは山縣から出た話なのではないかと考えたのです」

どういうことだろう。岡崎は話を聞きながら、首をひねっていた。葦名警部や他の巡査たちも、理解できないような顔をしている。

「それに気づいたのは、桂から頭山代表への電話がきっかけでした」

藤田が尋ねた。

「首相から頭山さんへの電話。たしか、騒動はいつ終わるのかというお尋ねだったとか……」

「それだけではありませんでした。その際に、お鯉が危ないので、守ってほしいという依頼があったのです」

「それは確かな話なのですか？」

「確かです。なぜなら、頭山代表から、私のところに同じ話があったからです。我々は実動部隊ですから」

「つまり、黒龍会がお鯉さんの警護をすることになっていたということですね」

「警護と言いますが、そう簡単ではありません。我々は表立って動くことはできないので……。お鯉の家には警察官がいましたし……」

藤田は巡査たちのほうを一瞥《いちべつ》してから、内田への質問を続けた。

「お鯉さんが危ないという桂の言葉は、山縣が何かを仕掛けるという意味だったということとですか？」

内田はうなずいた。

「桂は山縣を怒らせたんです。ロシアとの戦争の陣頭指揮を執ったのは山縣だ。彼にしてみれば、戦争を終わらせたことも、講和条約の内容も、我慢ならなかった……。このところ、桂は原と組んで、山縣を政権の中枢から遠ざけようとしているようですし、それにも腹が立っていたんです。ですから、山縣は桂にお灸《きゅう》をすえようと思ったわけです」

「なるほど……」

藤田が言った。「お鯉さんを殺すのは、本人を殺すよりも、ある意味残酷かもしれませんね……」

「山縣の考えそうなことです」

「山縣は陸軍を動かし、津脇さんにお鯉さん殺害を指示したということですね」

「長州出身の津脇にしてみれば、藩閥の頂点にいる山縣からの指示には逆らえません。一方で、私は頭山代表からの指示で、お鯉を守らなければならない立場にあります。しかも、隠密行動で……」

「山縣の暗殺命令を、阻止しなければならなかったということですね」

「はい、おっしゃるとおりです。そこで、私は、津脇といつもいっしょに行動している武部に、こう命じました。津脇がお鯉を殺害するのを阻止しろ。手段は問わない、と……」

「それはまた、酷な命令を……」

「頭山代表からの指示とあれば、何とかしなければなりません。必要なことは、何でもやります。我々はそういう団体です」

「あなたは、当日、津脇さんと武部さんがいっしょだったかどうかご存じないと、私に言いました」

「申し訳ありません。あれは嘘《うそ》でした」

「それで……」

藤田が尋ねた。「武部さんが、津脇さんを殺害したということなのですね」

内田はあっさりとうなずいた。

「それしかなかったのでしょう。津脇は説得に耳を貸すようなやつじゃなかった……。一度思い込んだら、誰の言うことも聞こうとしません」

「長州ですからね」

吐き捨てるような口調だった。藤田にしては珍しいことだと、岡崎は思った。

「そして、武部には、説得している時間などなかったのでしょう」

「津脇さんは暴徒と共に、お鯉さんの家になだれ込んだのでしょうからね」

岡崎は、呆然《ぼうぜん》と二人のやり取りを聞いていた。

今、お鯉の家で起きた殺人事件の顚末《てんまつ》が語られた。背後にあったのは、桂首相と元老の山縣有朋の確執なのだという。その事実に、岡崎は驚いていたのだ。

その場の全員が、しばらく沈黙していた。

荒木がぽつりと言った。

「え？　じゃあ、津脇殺しを命じたのは、桂首相ということですか？」

葦名警部が叱責《しっせき》するような口調で言った。

「首相は、誰かを殺せとは一言も言っていない。そうですね？」

内田がこたえた。

「一言も言ってない」

荒木が言う。

「じゃあ、頭山代表ですか？」

内田が言う。

「頭山代表も、殺せとは言ってない」

荒木がさらに言う。

「……とすると、命じたのは内田さんということになりますか」

葦名警部が言った。

「内田さんも、津脇を殺せと命じてはおられない。ただ、こう言われただけだ。津脇がお鯉を殺害するのを阻止しろ、と……」

桂も頭山も内田も用心深いということだ。岡崎はそう思った。いずれも罪に問われないように、言葉に気をつけていたということだ。

荒木が、不愉快そうな顔になって言った。「じゃあ、武部が独断で津脇を殺したということになるんですか？　その武部は今、どこにいるんです？」

一同が内田を見た。

内田がこたえた。

「武部の姿が見えないというのは本当のことです」

荒木が尋ねた。

「逃げたということですか？　市内の騒擾に紛れて……」

内田が荒木を見据えた。

「武部は罪を犯してこそこそと逃げ隠れをするような男ではない。俺と同じく、福岡《ふくおか》の出身だからな」

その眼光の鋭さに、荒木は言葉を失っていた。

藤田が言った。

「では、早く見つけないといけませんね」

その言葉に対して、内田が言った。

「おそらく、もう遅いでしょう」

藤田は、そのまま口をつぐんだ。

葦名警部が尋ねた。

「遅いとは、どういう意味です？」

内田が言った。

「命令とはいえ、同僚を殺したのです。武部とて相応の覚悟があってのことだったでしょう」

「覚悟……」

葦名警部はそう言って、絶句した。

久坂が言った。

「あー……。つまり自害したということですか……」

内田が言った。

「武部のことだ……」「我々に迷惑をかけないようにと考え、姿をくらましたのだ。おそらくは市内の騒ぎに紛れ、自分の亡骸《なきがら》が発見されないようにしたのではないかと……」

「そんな……」

そうつぶやいたのは岩井だった。

葦名警部が言った。

「この三日間、ほうぼうで火事が起きました。火事場を捜索しましょう」

岡崎はその言葉の意味を理解した。燃えさかる建物の中で自害したら、遺体は焼けてしまい、誰であるか見分けはつかなくなる。

火事場を捜索して、もし遺体が見つかったとしても、武部だと断定することは難しいだろう。

それでも、捜索しなくてはならない。それが警察の仕事だ。

内田が言った。

「さて、腹もいっぱいになったし、帰るとするか。旅の用意もあるので、失礼する」

葦名警部が尋ねた。

「どちらかにお出かけですか？」

「大陸だよ。俺は日本にいるより、大陸にいたほうが仕事がたくさんあるんだ」

内田はそう言って立ち上がった。

葦名警部が言った。

「最後に一つだけ、質問してよろしいですか？」

「何だ？」

「今回の市内騒擾は、黒龍会や玄洋社《げんようしゃ》が裏で画策をしたという話がありますが、それは事実でしょうか？」

内田ははたと葦名警部を睨みつけた。岡崎はそれを見て恐ろしくなった。

次の瞬間、内田は声を上げて笑いだした。

「事実かだって？　官憲にそんなことこたえると思うか？」

内田は出入り口に向かった。戸口で立ち止まるとさらに言った。

「俺は孫文という男が大好きでね。もし、孫文の革命がうまくいったとしたら、今回の騒動が何かの役に立ったと俺は思うだろうな」

内田が出ていった。

岡崎は葦名警部に尋ねた。

「今のは、どういうことでしょう」

それにこたえたのは、葦名警部ではなく、藤田だった。

「今回の騒動が、孫文とともに目論む革命の予行演習だった……。そう認めたということでしょう」


牛鍋屋を出ると、荒木が葦名警部に尋ねた。

「これからどうしましょう?」

「一刻も早く、鳥居部長に知らせたい。これから自宅をお訪ねしようと思う。おまえたちは、帰宅していい」

岡崎は言った。

「いえ、何か新たな指令があるかもしれませんので、自分は同行いたします」

荒木が言った。

「岡崎がそう言うんじゃ、俺たちも行かないわけには参りませんよ」

久坂と岩井もうなずいた。

藤田が言った。

「そもそも、内田さんから話を聞いたのは私です。証人として私も参りましょう」

葦名警部が言った。

「そうしていただけると助かります」

旗本の子孫である鳥居部長の自宅は、芝区神谷町《かみやちょう》にあり、内田の家からそう遠くない。

一行は、徒歩で移動することにした。

「騒動が収まったとはいえ、どこに暴徒が潜《ひそ》んでいるかわからない」

葦名警部が巡査たちに言った。「周囲に気を配れ」

すると、久坂がいつものののんびりとした口調で言った。

「藤田さんがいれば、怖いものはないですよ」

葦名警部がさらに言う。

「油断をするなということだ」

交番や電車が焼打ちにあった跡が見て取れるし、まだ周囲は焦げ臭いが、夜の町はすっかり静かになっていた。出歩く人の姿もほとんどない。

鳥居部長の屋敷の周辺もひっそりとしている。葦名警部が門を叩くと、しばらくして下男が現れた。すぐに鳥居部長に取り次ぐと言う。

一行は玄関で待たされた。鳥居部長が現れて言った。

「おう、こんなところで何をしている。上がんなよ」

葦名警部がこたえる。

「いえ、ここでけっこうです。報告が終わったら、すぐに引きあげますので……」

「蚊に刺されちまうんだよ。蚊遣《かや》りのある部屋に行こうぜ」

結局、座敷に通された。

鳥居部長の向かいに、葦名警部と藤田が並んだ。その後ろに四人の巡査だ。

鳥居部長が言った。

「さて、話を聞こうか」

24

　華名警部の話を聞き終わると、鳥居部長は言った。

「殺人事件のからくりはわかった。まあ、だいたい思っていたとおりだったな」

　華名警部が言う。

「桂首相と山縣侯との確執……。つまりは長州閥内のいざこざということです。黒龍会がそれに巻き込まれたという形ですね」

「下手人の行方はわからねえだろうなあ……」

「火事場の遺体を調べてみますが、識別はできないでしょう」

「殺人の犯人は武部惣一。犯人死亡で一件落着だ」

　華名警部が「わかりました」とこたえると、藤田が言った。

「それでよろしいのですか？」

　鳥居部長が言った。

「おっしゃりたいことはわかります。元はと言えば、山縣がお鯉の暗殺を言いだしたことが発端ですがね、誰がそれをとがめられます？」

「私がお灸をすえに行ってもよろしいのですが……」

「やめてください。藤田さんにもしものことがあったらたいへんです」

「どうせ、老い先短いのです」

「山縣はね、不安なんですよ。自分の力がどんどん弱くなっていくように感じているんでしょう。まあ、桂と原が手を組めば、その不安が現実のものとなるでしょう。藤田さんが手を下すまでもない」

葦名警部が質問した。

「部長は、黒龍会が今回の騒動を裏で操っていたとお考えのようですが……」

「俺だけの考えじゃねえがな……」

「探偵の西小路によると、黒猫先生は、桂が裏で糸を引いていたとお考えのようですが、どちらが正解なのでしょう?」

「どちらも正解さ」

「どちらも……?」

「これから言うことは、ここだけの話だ。いいな?」

鳥居部長は、葦名警部だけではなく、巡査たちの顔を順に見ていった。岡崎は緊張して、無言でうなずいた。

鳥居部長が話しだした。

「講和条約に反対する国民大会が開かれると聞き、桂はきっと大きな騒ぎになると踏んだんだ。普通なら、それを押さえ込もうとするが、桂は違った。へたに押さえ込むよりも、国民の憂さ晴らしに利用しようと考えた。だが、実際にどうすればいいかわからない。そこで、玄洋社の頭山に相談するわけだ。そして、頭山は黒龍会の内田に相談する。そういいきさつで、内田が実際の工作を引き受けるわけだ。内田には、孫文とともに革命を起こそうという計画があり、今回のことはその予行演習にもってこいだと考えたんだ。つまり、民衆の騒動をうまく操れるかどうかの実験だ」

「そういえば……」

葦名警部が言った。「桂首相が頭山に、この騒動はいつ終わるのかと尋ねたそうですが、そういうことだったんですね」

「おうよ。桂の頭山への電話ってのは、そういうことだ」

「死者や怪我人《けがにん》が出て、多くの施設が破壊され、焼かれました。それが実験だというのですか？」

「そう怖い顔すんなよ、葦名。内田にしたって、すべてが計算通りってわけじゃねえだろう。例えば、麹町《こうじまち》署の向田署長が抜刀命令を出したのは大きな誤算だったろうよ」

「部長は、すべてご存じだったのですね？」

「知っていたわけじゃねえが、まあ、警察の上層部にいりゃあ、そういう話は洩れ聞こえてくるさ」

「私たちをお鯉さんの家に張り付かせたのは、なぜなんです？」

妙な質問だなと、岡崎は思った。葦名警部はなぜそんなことを訊くのだろう……。

鳥居部長がこたえる。

「そりゃあ、お鯉さんを守るためだ」

「殺人事件が起きることを、見越しておられたのではないですか？」

その葦名警部の言葉に、岡崎は驚いた。

まさか、予言者じゃあるまいし、いくら鳥居部長でも殺人事件が起きることを予測することなんてできないだろう。岡崎はそう思った。

鳥居部長は、にっと笑った。

「なんでそんなことを言うんだい？」

「東京市内は、どこも警察官が不足していたはずです。それなのに、私たちはずっとお鯉さんの家におりました。仲間たちが修羅場にいるのに、自分たちがこんなところにいていいのだろうか。私はずっとそう思っていました。すると、そこで殺人事件が起きた……。まるで、仕組まれているように、私は感じたのです」

「さすが葦名だ。なかなか鋭いね」

「それでは、やはり、殺人事件が起きることがわかっておられたのですね？」

鳥居部長がかぶりを振った。

「いくらおいらでも、それは無理ってもんだ。だがな、お鯉さんの家で何か起きるとは思っていた。だから、一番信頼できるおめえさんたちを送り込んだんだ」

「何かが起きる……？」

「おう」

それまでじっと話を聞いていた藤田が言った。

「お鯉さんが狙《ねら》われることがわかっておられたのですね？」

鳥居部長が藤田に言った。

「桂が電話した相手は、何も頭山だけじゃないんですよ。山縣の陰謀を察知して、お鯉さんの身が危険だとわかれば、当然、警視総監にも電話をしてきます。しかしですね、市内が大騒ぎのときに、お鯉さんの身辺警護に大勢の人手を割くことはできません。それで、おいらになんとかしろと言ってきたわけです」

鳥居部長は眼を葦名警部に転じた。「おめえたちは、俺の特命班だったというわけよ」

「事前にそう言ってくだされば……」

「言えねえよ、そんなこと。すべて内密の話だ。だからさ、何も言わなくてもちゃんと動いてくれる、おめえたちに行ってもらったってわけだ」

「そう言われると、悪い気はしませんが、なんだか、うまいこと持ち上げられているような気もします」

「そう言いなさんな。頼りにしてるって言ってるんだよ」

それきり、葦名警部は何も言わなかった。

そのとき、久坂が言った。

「それにしても、内田さんは非情な人ですね」

一同が久坂に注目する。

岡崎はたしなめた。

「おい、部長の前だぞ。勝手に発言するなよ」

鳥居部長が言った。

「いいってことよ。内田が非情だって？　武部のことかい」

「そうです」

久坂が言う。「だって、内田さんは、同じ福岡出身の武部さんに、無理難題を押しつけたわけですよね。その結果、武部さんは自害した……。内田さんほどの人だ。そうなることを当然予想していたでしょう。にもかかわらず、津脇がお鯉さんを暗殺するのを、武部さんに阻止させようとしたんでしょう？」

鳥居部長が言った。

「人間、腹をくらなきゃならねえときがあるんだよ。安立《あだち》警視総監だってさ、これだけの死人を出しちまったんだ。引責辞任するしかねえって腹を決めておいでだ」

岡崎は、思わず「えっ」と声に出してしまった。それくらい驚いた。

巡査たちは皆、同じ反応だった。

「今夜も本所《ほんじょ》署が襲撃されたようだが、民衆の騒ぎはこれが最後だろう。すべて終わったんだ。俺は風呂に入ってさっぱりした。おめえたちも、もう家に帰《けえ》んな」

巡査たちが顔を見合わせた。すると、葦名警部が言った。

「では、散会いたします」

鳥居部長がうなずいてから、藤田に言った。

「お住まいは、本郷真砂町《ほんごうまさごちょう》でしたね。俥を呼びましょう」

「恐れ入ります」

葦名警部が鳥居部長に頭を下げる。

「これにて失礼いたします」

「おう」

鳥居部長がこたえる。「今日は仏滅だったから、明日は大安だ。きっといいことがあるぜ」

25

騒擾は終結した。

九月五日、六日、七日の三日間で、警視庁は約二千人を検挙した。ほとんどが兇徒聚《きょうとしゅう》衆罪《しゅうざい》だ。

だが、実際には負傷しているとか、現場をうろついているという理由で逮捕した例が多かった。だから、すぐに一千人ほどが釈放されることになった。実際に起訴されたのは、三百人ほどだと、岡崎は聞いた。

鳥居部長が言っていたとおり、安立綱之《つなゆき》警視総監が引責辞任した。後任は、長野県知事をやっている関清英《せききよひで》だということだが、岡崎にはどうでもいい話だ。

警視総監が誰であれ、下っ端にはあまり関係がない。それよりも、鳥居部長に何もおとがめがなかったことに、岡崎はほっとしていた。

その後も、国民大会を開こうなどという動きがあったようだが、先の騒擾のようなことは、もう起きなかった。

桂首相が目論んだとおり、破裂しそうなくらいに膨らんだ風船の空気抜きがうまくいったということなのだろうか。

岡崎はそんなことを思っていた。

ひどい残暑もようやく一段落して、秋風が立つ頃のことだ。岡崎と岩井が外回りから戻ると、華名警部の席の前に久坂と荒木がいるのが見えた。

二人は、頭をくっつけるようにして、華名警部の机の上を覗《のぞ》き込んでいる。

岡崎は近づいて、華名警部に言った。

「岡崎と岩井、ただいま戻りました」

「ご苦労」

「何かあったのですか?」

それにこたえたのは久坂だった。

「これを見てくれ」

机上の書類を指さす。岡崎は尋ねた。

「何だ、これは」

「九月十一日の渡航記録だ。ある用事で服部課長が入手されたものを、たまたま華名警部がご覧になったんだ。横浜から出国した者の名前が記されている」

「それで……?」

「内田良平の名前があるんだが……」

「ああ……。大陸に行くと言っていたな。それがどうした?」

「内田良平一行の中に、こんな名前が……」

岡崎と岩井は、先ほど久坂と荒木がやっていたように、書類を覗き込んだ。

そして、岡崎は「あっ」と声を上げた。岩井も同様に驚いた様子だった。

そこには、武部惣一の名があった。

岡崎は言った。

「お鯉さんの家で津脇を殺したのが武部惣一だったよな」

久坂がこたえる。

「そうだ」

「そして、武部惣一は自害して、その遺体は焼けてしまって識別できないんだったな?」

今度は荒木がこたえる。

「内田良平はそう言ったな」

「じゃあ、この武部惣一は、同姓同名の別人か?」

荒木が言う。

「ばかか、おまえは。いいか? 武部惣一の行方は確認されていない。自害したと言ったのも、遺体がどこかの火事場で焼かれたと言ったのも、内田だ」

「いや」

久坂が言った。「正確に言うと、内田さんがそう言ったわけじゃないよ。そう臭《にお》わせて、俺たちが勝手にそう思い込んだだけだ」

荒木が苛立《いらだ》たしげに内田に言う。

「いずれにしろ、内田にまんまと騙《だま》されたってことだ」

「あ……」

岡崎は言った。「武部が姿をくらましたというのも嘘で、実は内田さんが匿《かくま》っていたということか?」

「それはわからん」

荒木が言った。「だが、あり得ることだ。そして、海外に連れ出したというわけだ」

「殺人犯が逃亡したということだな……」

葦名警部がそう言った。巡査たちは、はっと口をつぐみ、葦名警部に注目した。言葉が続いた。

「すべて、内田良平が画策したことだろう」

久坂が言った。

「内田さんは、部下を死にに行かせるような人じゃないんですよ」

それに対して、葦名警部が言った。

「大陸までは手が及ばない。これは、警察としてはたいへん不名誉なことだな」

その言葉の内容とは裏腹に、久坂同様、葦名警部もどこかうれしそうだった。

見事な秋晴れの日、岡崎はまた、岩井と巡回をしていた。いつしか二人は、お茶《ちゃ》の水《みず》にやってきていた。

「あれは、七月だったか……」

岡崎は言った。「こうして、二人でお茶の水まで来たことがあったな」

「そうだったかな、じゃない。おまえが来たいと言ったんだ。女子高等師範学校を覗きたかったんだろう」

「下品な言い方をするな。俺はただ……」

「わかっている。藤田さんにお目にかかりたかったのだろう。あれが、はるか昔のような気がするな」

「ああ。まったくだ」

「行ってみるか？」

「どこへ？」

「学校だよ。藤田さんの……」

岩井の返事を聞く前に、岡崎は女子高等師範学校に向かって歩きはじめていた。

やがて佇寄せが見えてくる。そこには、以前とまったく変わらずに、藤田の姿があった。

岡崎たちが近づいて行くと、気づいた藤田が丁寧に礼をした。

岡崎と岩井も礼を返した。

「あれから、いかがお過ごしですか？」

岡崎が尋ねると、藤田はこたえた。

「こうして、学校の仕事をさせていただいております」

「ああ、そうでしょうね」

あれくらいの騒動など、藤田にとってはどうということはないのだ。彼はもっとたいへんな動乱を過去に何度も乗り越えている。

「あら、巡査さん」

そう言う声のほうを見ると、喜子だった。なぜか隣に西小路がいた。

岩井が西小路に言う。

「なんで、あんたがここにいるんだ？」

「ふふん。僕はこれから、城戸喜子嬢とデエトなんだよ」

「何だい、デエトって？」

「デエトはデエトだよ」

喜子が言った。

「デートなんかじゃないわよ。話があるというから、藤田さんに立ち会っていただいて、そのお話をうかがおうというわけ」

岡崎は言った。

「その話っていうのは、何だ？」

「なんで警察に教えなけりゃならんのだ?」

「そうとんがるなよ。興味があるから訊いただけだ」

西小路は、にっと笑って言った。

「君たちにとっても悪い話じゃないよ」

「どういうことだ?」

「このお二人を、正式に西小路探偵事務所の一員として迎えようと思うんだ。今回の殺人事件でも、このお二人はなかなかいい働きをしたからね」

岡崎はあいた口がふさがらない思いだった。

「あら」

喜子が言った。「それは面白そうね」

岡崎は言った。

「お嬢さん。冗談じゃありませんよ。こんな男の話をまともに受け取っちゃだめです」

「失敬だな、君は」

西小路が言う。「僕は本気だよ」

岡崎は西小路に言った。

「探偵に雇おうなんて、藤田さんに対して何という無礼だ。だいたい、探偵事務所なんてどこにあるんだ」

「取りあえずは、僕の部屋を事務所にするさ」

岩井が藤田に言った。

「早いところ、お嬢さんをご自宅に送り届けたほうがいいと思います」

すると藤田が言った。

「お嬢さんがお話をお聞きになるとおっしゃるなら、私が止めることはできません。それに……」

「それに？」

「お嬢さんがおっしゃったとおり、面白そうな話じゃないですか」

岡崎は再び唖然《あぜん》とした。まさか、藤田が西小路の話に耳を貸すとは思わなかった。

岩井が言った。

「面白くなんてないです。絶対に面白くない」

藤田が言った。

「ご心配なく。お話をうかがうだけですよ。さて、秋の日はつるべ落としです。急いで参りましょう」

藤田と喜子が岡崎たちに礼をする。

二人は、西小路と並んで歩きだした。岡崎と岩井は、立ち尽くしたまま、その後ろ姿をながめていた。

やがて岩井が言った。

「おい、あれ、どう思う」

「そうだな」

岡崎は言った。「鳥居部長なら、やっぱり面白がるんじゃないか」

しばらくして、岩井が言った。

「そうかもしれないな」

三人の姿が次第に小さくなる。夕日が長い影を作っていた。

本書は二〇二〇年九月に小社より単行本として刊行されたものです。

Haruki Bunko
ハルキ文庫

こ 3-51

帝都争乱《ていとそうらん》 サーベル警視庁❷

著者 今野《こんの》 敏《びん》

2022年8月18日第一刷発行

発行者 角川春樹

発行所 株式会社角川春樹事務所
〒102-0074 東京都千代田区九段南2-1-30 イタリア文化会館

電話 03(3263)5247(編集)
03(3263)5881(営業)

印刷・製本 中央精版印刷株式会社

フォーマット・デザイン 芦澤泰偉
表紙イラストレーション 門坂 流

ISBN978-4-7584-4505-4 C0193 ©2022 Konno Bin Printed in Japan
http://www.kadokawaharuki.co.jp/[営業]
fanmail@kadokawaharuki.co.jp[編集] ご意見・ご感想をお寄せください。